新潮文庫

天国はまだ遠く

瀬尾まいこ著

新潮社版

8061

天国はまだ遠く

I

ずっと前から決めていた。今度だめだと思ったら、もうやめようって。いつも優柔不断で結局失敗してしまうけど、今度の決意は固い。一度切ろうと思ったものを引き延ばすのには力がいる。もう終わりにしようと思ったら、長引かせちゃいけない。本当に終わりにするのだ。

旅行鞄《かばん》には、いるものだけを詰めた。

中学の修学旅行の時に祖父からもらった大きな茶色の鞄。ちゃんと内側に、「山田千鶴《ちづる》」と名前まで刻まれている。実用性だけを重視した飾り気のない革の鞄で、子どもの時は持ち歩くのが恥ずかしかった。だけど、今はとても気に入っていて、たいして荷物がなくても、遠出する時には必ずこの鞄を使う。使うたびに馴染《なじ》んでどんどん使いやすくなっていく。私の持ち物の中では一番長く使っている物だ。

今日の夜、一晩を過ごすだけだから、荷物は少なく、鞄はすかすかだ。洗面用具は宿にあるだろうし、先はないから手帳もいらない。今日のために買った下着、パジャマ、ハンカチ、ちり紙、携帯電話。それと、全《すべ》ての貯金を解約して手にした百二十万円ちょっと。

貯金は一週間前に下ろしたのに、ほとんど減っていない。ぱーっと使おうと思いつつ、結局三万円しか使うことができなかった。ちょうど姉の誕生日があったから、ほしがっていた洋服をプレゼントに買っただけ。後は使い道が見つからなかった。特別ほしい物も必要な物もなかった。

ガスの元栓《もとせん》、窓の鍵《かぎ》。水道、電気。もう一度確認した。朝から半日かけて片づけたから、部屋の掃除も抜かりない。冷蔵庫は完全に空にしたし、彼氏との写真も、気の向いた時にだけ書いている鳥肌ものの日記も処分した。もともと持ち物が少ないから、部屋はすぐにすっきりした。

もう戻ることはないんだなあと、もう一度部屋を見渡してみた。短大を卒業してからずっと住んでいた部屋。三年の間、毎日ここで生活していたのに、部屋の雰囲気は引っ越してきた時とあまり変わっていない。私の空気は部屋のどこにも染みついてない。持ち物が片付いてしまうと、他人の部屋のように見えた。

もう出発しなくては。私は鞄を手にした。六時の特急が北へ向かう最後の電車だ。乗り遅れちゃいけない。今日実行しなかったら、私はきっとくじけて、せっかくの決心を取りやめてしまう。そして、どろどろした日々の中にまた戻ることになる。もうそれは嫌だ。一日が平穏に過ぎることを祈るだけの毎日は、もう嫌だ。私は鍵をかけると、駅へと急いだ。

行く場所は決まっていた。私には珍しくすぐに決めることができた。

誰も私を知っている人がいないところ。うんと遠く。でも、すぐに着けるところ。長旅は苦手だし、長く時間を費やすと、その分決心が緩《ゆる》む。目的地には早く着けるに限る。それに、観光地や温かい所はだめだ。陽気な場所にいたら、まだがんばれるって妙な錯覚を起こしてしまう。

濃い海と濃い空を持つ日本海地方。鳥取や京都のうんと奥。あの辺りなら実行できる。中学の臨海学校で鳥取砂丘に行った時も、大学のサークルで天橋立《あまのはしだて》に行った時も、私は日本海がもたらす暗い海と暗い空に度肝《どぎも》を抜かれた。私が行く時、いつだって日本海側の気候は不愉快そうだった。特急に乗れば二時間と少しで着くことができる。あそこならぴったりだ。

私は北に行く特急に乗り、一番端の駅へと向かった。土曜の夕方だけあって、座席は半分以上埋まっていたが、奥へ向かって走る電車はとても静かだった。初めに車掌《しゃしょう》が切符の検札に来ただけで、車内販売もなく、黙々と電車は走り続けた。電車から見える風景はどんどん厳しく、殺風景になっていく。看板が消え、建物が消え、電灯が消える。もう既に陽は沈み夜は始まっている。北へ行くほど、夜は深い。まだ十一月の初めなのに、北の夜空は空気がきっぱりと澄んでいた。

暗くなった窓に自分の姿が映る。向こうに暗闇《くらやみ》があるせいか、窓はとてもくっきりと私の顔を映し出す。半年以上美容院に行ってないから、髪は肩先まで重く伸びている。一年以上何もつけていないからせっかく開けたピアスの穴も埋まってしまいそうだ。体重は、最近測ってないけど、きっとやせたはずだ。こんなに細い顔じゃなかった。ちっともさえない顔。私は自分の顔を見ながら大きなため息をついた。

終着駅が近くなると、暗さは一層濃くなり、分厚い特急の窓越しにも、冬を迎える寒さが十分伝わってきた。

ちょうどいい。夜の深さ、冬を前にした寒さ。北の気候は思っていたとおりだ。いつも私はじっくり考えるくせに、選択を誤ってばかりいる。だけど、最後の選択はばっちりはまっていた。

死ぬのには、ある種の勢いが必要だ。いつもの日常の中で決行することは難しい。でも、この地なら、もうとどまってはいけないと、私を突き放してくれるはずだ。寒さ、暗さ、厳しさ。そういう空気が、私の背中を押してくれるだろう。

ところが、駅に降り立つと、車窓から見える景色とは違い、思いの他賑《にぎ》やかだった。駅はこぢんまりとしていて、改札も一つしかなく、駅員も一人しかいない。だけど、その小さな中に全てがあって、かえって、活気づいて見えた。構内には迎えの人が何人かいて、アットホームな匂《にお》いに満ちていた。温泉があるのであろう、駅前の通りは古びてはいるが、旅館や土産物屋が並んでいる。どてらで歩く観光客、魚の干物《ひもの》がぶら下がった雑然とした店々。街のような華やかなネオンはないけれど、民宿や土産物屋などから漏《も》れる小さな灯《あか》りはとても力強い。

ここじゃだめだ。私は辺りを見回してため息をつくと、鞄を肩に背負い直した。

ここには寒さや不況に立ち向かう人々のエネルギーが充満している。騒々しくて、落ち着かない。とてもじゃないけど、ここではできない。まだだめだ。もっともっと奥に行かないと。もっともっと北に行かないと。

私は駅のロータリーでタクシーを拾った。いつもならタクシーなんて交通手段は使わないけど、大金を持ってるんだ。かまわない。

黒いタクシーに乗り込むと、愛想の悪そうな運転手がミラー越しにちらりと私の方を見た。

「えっと、行けるだけ端に行ってください」

私は静かに告げた。

「端ってどこ？」

運転手は不機嫌そうに言い、ハンドルを握ったままでロータリーから出ようとしない。

「えっと、北の方へ」

「漠然とされちゃ、こっちは困るで、ちゃんと目的地言ってくれんと」

年老いた白髪の運転手はえらそうな口調で言った。耳慣れない方言のせいか、余計にふてぶてしく聞こえる。

「一番北に宿泊施設があるようなところってありますか？」

「あんたの言う、その一番北ってのがわからんちゃ」

「えっと、こういう観光地じゃなくて、人のいないところに行きたいんです」

「姉ちゃんの言う意味がようわからん。はっきりどこへ行くんかを言ってくれなわかるわけあらへん。もう八時過ぎとるで、うろうろしとったらどこにも着けんよ」

そんなこと言われても、私にも細かい地名はわからない。ただ、北へ、奥へ、行きたいだけだ。

「あの、とりあえずもっと北へ向けて走らせてくれませんか」

「そやから北って、どこやねん」

「どこでもいいんです。ずっと奥へ行けたらそれで。とにかくお願いします」

運転手は答えを求めることを諦《あきら》めたのか、何も応《こた》えず車を発進させた。

車が進み出すと、私は窓に額をくっつけて、外の様子をじっと眺めた。土産物だろうか、大きな袋をたくさん持った観光客が歩いている。観光バスやタクシーも何台か行き交っている。だけど、賑わっていたのは駅の周りだけで、十分も走ると風景はとたんにわびしくなっていった。

道は海沿いに延びていて、窓のすぐそばに海が見えた。外は真夜中のようにしんとしていて、海鳴りが重々しく響いている。お金が余っているのか、道路だけは広く、しっかりと舗装《ほそう》されている。だけど、そのかいなく、対向車はほんの二、三台すれ違っただけだ。

いくつか漁港も通り過ぎたが、漁師の朝は早いせいか、もうすでに町はひっそりと寝静まっていた。右の窓には海。左の窓には山。山も海も厳しくて、人を受け容《い》れる自然の柔らかさはどこにもない。

遠くに来てしまった。誰も私を知らない場所に来てしまった。私の住む場所から、うんと離れてしまったのだ。本当に自分の知らない場所に来たのだ。

なんとかなる。適当に流しておけばいい。きっと大丈夫。物事は私が心配するほど、悪化しないものなんだって。このくらいのこと、ちっともたいしたことはない。笑っておけばいいんだ。

いつからだろうか。私は自分にそう言い聞かせるようになっていた。朝、布団《ふとん》の中で。出勤前の玄関で。仕事の合間にトイレで。食欲のない時、寝付けない時。そうやって自分に暗示をかけないと、動けなくなっていた。

仕事も人間関係もきっとたいしたことではない。それは十分わかっている。でも、それらは私には困難で重大だった。気楽にしようといくらがんばっても、私の頭や身体《からだ》は深刻に考えすぎてしまう。会社に行かなくてはいけないと考えるだけで、毎朝、頭が痛かった。明日は上司に何を言われるんだろう。そう思うと、不安で眠れなかった。仕事はまったくうまくいかず、あせればあせるほど、追い込まれていった。そのうち、誰にも何も言われなくても、職場にいるだけでみんなから責められているように感じるようになっていた。会社へ向かう電車の中で何度、引き返そうかと試みたことか。休み明けの朝に会社に行くのが怖くて、玄関から出るのにどれだけ時間がかかったことか。それなのに、私は会社を休むこともできなかった。解決法は見つからず、ただただ日々をうまくやり過ごすだけの生活だった。

そのうち、暗示もきかなくなり、「疲れた」と心や身体が言いはじめた。まるでうまくいかない仕事に追われるのも、くだらない人間関係でぐだぐだ悩むのも、そして、そうやって些細《ささい》なことを考えすぎる自分を責めるのにも疲れていた。朝が来ることに不安になり、一日を終える度にほっとする。そんな日々をこれ以上続けていくことに嫌気が差していた。

身体は頭ほど賢くないから、ばっちり私の気弱さの被害を受けていた。口の中は休むことなく口内炎を宿し、手首、足首、関節が痛かった。眠れないし、食欲もない。毎日がだるい。もう二ヶ月前から病院にかかっているのに、まったく治る兆候はなかった。医者がくれるのはビタミンCとBの薬と睡眠導入剤だけで、どれを飲んでも変化は訪れない。そんな薬、どうせ気休めなのだ。医者は病気を全部ストレスのせいにする。今の時代だったら、私だって医者になれそうだ。ややこしい病気が出てきたら、「それはストレスが原因ですね。あなたは気づかないうちにいろんなものを抱え込んでるんですよ」ってなこと言って、ビタミン剤を与えておけばいいんだから。

身体の調子の悪さは、私をどんどん落ちこませた。何も楽しいことはなく、いつもだるかった。休みの日は動くこともせず、ただ家で過ごした。休みの日も、会社のことを考え、月曜日のことを考え、不安になった。どこにいても、緊張していた。心の休まる瞬間などほとんどなかった。

一人暮らしをして三年、日々に追われて実家に帰ることはめったになくなっていた。仕事の忙しさにかまけて、友人とも連絡を取らなくなっていた。一日を過ごすことに精一杯で、周りに心を配る余裕がなかった。知らないうちに隔たりができていて、今更泣き言を言って頼ることのできる人物は誰もいなかった。どうすれば救われるのか、まったくわからなくなっていた。

身体も心もすっきりしない。いつもどんより重い。そんな毎日が延々と続いていた。早く解放されたいって、心身共に訴えていた。

「もう少し行けば、木屋谷《きやだに》っちゅう集落があって、そこに、民宿があったな。今やっているかどうかわからんけど」

運転手がぼそりと言った。

「じゃあ、そこにしてください」

車は海沿いの大きな道を外れ、山を上る道に入った。一つ道を入っただけなのに、周りのものはまるっきり変わってしまった。さっきまで見えていた海も、アスファルトもない。ヘッドライトに照らされたところに、ぼんやりと木々がうかびあがるだけだ。道は舗装されていないから、車は大きく揺れる。道のすぐ横が崖《がけ》になっていて、落ちないかと不安になったが、タクシーはすんなりと通っていった。この地方にはまだこのような道がたくさんあるのだろう。

車はどんどん山を登っていく。海辺には漁港があり人の生活が感じられたが、山に入ると家もほとんど見当たらなくなった。いくつかの小さな集落を越えると、本当に木しか見えない。他に車が来る気配も、人が通る気配もない。進めば進むほど、いろんなものが消えていく。横にそれる道もなく、Uターンできるようなスペースもない。前にも後ろにも奥へと続く細い一本の道しかない。木々にさえぎられ空さえうまく見えない。どんどん街から引き離されていく。

もう戻れない。そう思うと不安になった。何もない地を前に、迷子になった子どものように心細くなった。だけど、もう戻らなくていい。そう思うと安心した。あの日々から完全に切り離されたのだ。今の私にとってその事実は何よりも大きかった。

さらに険しい道を越え、少しなだらかな斜面に出ると、だだっ広い集落に入った。集落と言っても、家は密集しておらず、田畑や林に覆《おお》われた中にぽつぽつとあるのが見えるだけだ。隣接する村もなくそこだけぽつんと浮かんでいるような集落。山に囲まれて、地上から切り離されているような場所。月の灯りだけでぼんやりと照らされた集落は、時間が止まったように動かない。

「昔はこの辺も、もう少し家があったけど、五八豪雪《ごうはち》で結構つぶれてもうてなあ。その後、火事があったりして、みんな下へ降りてしもうて。小さい川があるだけで、ほとんど水源がないで、火事が起きたらどうしようもない。昔からの年寄りが何人か住んどるだけで、今はほんま誰もいなくなってしまったわ」

運転手は久々にこの地に来たのか、懐《なつ》かしそうに話してくれた。

「五八豪雪ってなんですか？」

「雪や。今はこの辺もたいして降らんようになったけど、昔は毎年大雪で、特に昭和五十八年は五メートル近く積もってなあ。家もやられるし、公民館でさえ屋根がつぶれてな。そりゃえらいことやったんや」

「五メートル……」

私は空を見上げた。自分の身長をはるかに超える雪が降るなんて想像すらできない。

「ここ。確か民宿や」

運転手は集落の中でも高台にある家の前に車を止めた。

横に広く、どっしりと大きい家。確かに、壁には「民宿たむら」と書かれている。だけど、かなり古い建物で、「民宿たむら」の文字はほとんど剝《は》げていた。本当に民宿をやっているのだろうか。不安だけど、仕方がない。家の奥からはうっすらだけど、灯りがもれている。人はいるはずだ。民宿と書いてあるのだから、民宿なのだ。ここまで来たら、ここしかない。

「じゃあ、ここで。ありがとうございました」

タクシー代は八千円もした。お金を払って車から降りると、新鮮な空気が身体に触れた。風は冷たい。

タクシーが去り、車のライトが見えなくなると、夜はまたいっそう暗くなった。本当に何もない村だ。しんと静まりかえって、気味が悪かった。時々風が静かに吹いて、こすれあう木々の音だけが聞こえた。

「民宿たむら」は、見たところただの大きな家で、入るのが躊躇《ためら》われた。だけど、もう帰る手段もない。一晩くらいなら、泊めてくれるだろう。私は思い切って、大きな木の引き戸に手をかけた。扉は重かったが、鍵《かぎ》は開いていた。

「すいません」

扉を開けながら声をかけてみたが、反応はない。誰もいないのだろうか。

中に入ると、玄関は広い土間になっていて、いろんな物が乱雑に置かれていた。汚いスニーカー一足と、分厚い長靴。隅には白菜と大根が段ボールに突っ込まれて置いてあり、畑のための道具が並んでいた。受付らしいものはどこにもなかった。利用したことがないけど、民宿ってこういうものなのだろうか。

「すいません」

奥に向かって、声をかけてみる。

「すいませーん」

もう一度大きな声で呼ぶと、ようやく人が出てきた。

「何？」

「えっと……」

てっきりおばあさんやおじいさんが出てくるものだと思っていた私は驚いてしまった。中から出てきたのは、まだ若い男だった。

男は背が高くがたいが大きい。まだ九時過ぎなのに、眠っていたのだろうか。髭《ひげ》があごにもほおにも無造作に伸びていて髪もくちゃくちゃだった。

「えっと、あの、宿泊したいんですけど」

「シュクハク？」

男はごつい手で顔をごしごしこすった。

「ここ、民宿ですよね？」

「ああ。そうやな」

「だから、あの、ここに泊まりたいんです」

男はしばらくぼんやり考えて、それから思いだしたように、「上がれば」と、スリッパを出してくれた。安物のスリッパに足を入れると、つま先がひんやりした。

「えっと、どうしたらええんかな」

男はぼさっと突っ立ったままで私に訊《き》いた。薄い灰色のトレーナーとスウェット、足元を見れば肌寒いのに裸足《はだし》だ。

「どうしたらって？」

「どうしたん？」

「あんた、泊まるんやろう」

「はあ……。いいですか？」

家は静かで天井が高く、声がよく響いた。この男一人で暮らしているのだろうか。他に人がいる気配はなかった。

「泊まるんはそりゃええんやけど、めったに客来んで、どうすんのかわからんで」

「そうですか」

「まず何や、名前とか住所とか書いてもらうんかなあ。っていっても、宿帳もないしなあ……。まあ、ええわ。とにかく泊まってもらったらええんやから、部屋に連れてったらええねんな」

「そうですね」

そうだ。泊まれればいい。一晩のことだ。眠れる場所があれば、それでいいのだ。

男はのそのそと歩きながら、家の中を案内してくれた。

家は古かったが、頑丈な造りになっているようで、重厚な感じがした。太い柱が何本かあり、私でも家の骨組みがわかった。豪雪や火事を越えて存在している家は、とても頼もしく見えた。

一階には風呂《ふろ》、台所、それと大きな広間が二つあり、そこでこの男は生活しているらしかった。男の他には誰もいそうになかったが、部屋の大きさや、持ち物から見ると、一人用の住まいではないはずだ。それに、こんな辺鄙《へんぴ》なところに、若い男が一人で住むのは少し違和感があった。

二階に上がると、三つの部屋が並んでいた。一応民宿らしく、廊下には小さな洗面所とトイレが備え付けてあった。

「二階は全然使ってへんから、自由に泊まってくれたらええわ。三つ部屋があるで、好きなところ選んで。まあ、どこでも一緒やけどな」

男の言うとおり、三つの部屋の造りはほとんど一緒だった。三つとも六畳ほどの和室で、大きな窓が付いていた。どこも小さな机以外は何もなく、だだっ広く見えた。私は一番奥の部屋を選んだ。

部屋に入ると、ずっと使っていないせいか、ひんやりと湿っぽく、畳と砂壁の匂《にお》いがこもっていた。私は荷物を置くと、窓を開けた。冷たい空気が一気に入ってくる。部屋の電気に照らされて、ほんの少し外の様子がうかがえた。秋なのに空は低い。少し欠けた月がそれでもでかく浮かんでいる。周りにはこの家の土地なのか、畑らしきものがいくつか広がっていた。

しばらくすると、男が細々した物を部屋に運びこみだした。電気ポットと急須《きゅうす》や湯飲み。電気ストーブに座布団《ざぶとん》。大きなタオルと小さなタオル。「布団は押入れにあるけど、ずいぶん干してないから」と、布団乾燥機。男は身体も手も足もでかい。様々なものを軽々と持ってきた。

「こんなもんでええかなあ。何か他にいるものあったら、言うてくれたらええわ」

男は部屋の隅でぼんやり眺めていた私に言った。

「いえ。十分です」

「夕飯はもう何もないんやけど……」

「ええ。結構です」

「ほんなら、風呂は、今から沸《わ》かすで、二十分くらいしたら適当に入って」

「はい」

「俺は入らんし、好きなように使ってくれたらええ」

「わかりました。……あ、えっと、お金。宿泊代を払わないといけないと思うんですけど」

私は部屋から出ようとした男に慌《あわ》てて声をかけた。

「そんなん帰る時でええ」

「そうですか。えっと、じゃあ、おいくらか教えてください」

今、値段を聞いておかないと、用意できない。帰る時、私はいないのだから。

「そやなあ。だいたい民宿って、みんなどれくらいで泊まらせるん？」

「へ？」

「ほかの民宿って、いくらすんの？」

「さあ……。あの、ここは、いつもはいくらで宿泊させておられるんですか？」

「いつもって言うても、二年前に一組夫婦が来ただけやし、いくらもらったか忘れたわ」

男の声は低く、木造の部屋の中で重く響いた。

「そうですか。私もよく知らないんですけど、たぶん、民宿だったら、五千円くらいじゃないかと……」

「そう。そやったら、ここ何も設備ないし、古いから千円でええわ」

「千円？」

「あかんかな？」

「いえ、千円でいいんですか？」

確かにここには何もない。だけど、千円は破格だ。

「そんでええ。家に人が泊まるだけで千円もらえるんやから、俺も得やで。帰る日の朝、払ってくれたらええわ」

男はそう言って出ていった。どうも細かいことが苦手なようだ。

男がいなくなると、部屋はしんと静まった。さっきタクシーが去った後と同じ。その場から何かがいなくなると、明確に静かになる。田舎の夜は深い。

私は着ていたジャケットを脱いで畳むと、ポットで湯を沸かしてお茶を入れた。電車やタクシーに乗っていただけなのに、長距離を移動したせいか、お腹《なか》がすいていた。最近ほとんど食欲がなかったのに、死ぬ前になってお腹がすくなんて、何だかおかしい。

机の上に特急に乗る前に買った弁当を出した。最後の晩だから、奮発して一つ千五百円もする弁当を買った。

すっかり冷えた弁当だけど、蓋《ふた》を開けると、煮物のだしのいい匂いがした。弁当は高級料亭のものらしく、一つ一つに手をかけてある。煮染《にし》められたにんじんも椎《しい》茸《たけ》も、味噌《みそ》焼きの鰆《さわら》も美しい格好をしていた。

私は料理は苦手ではなかったが、今ではめったに作ることがなくなっていた。仕事を終えて帰ると、疲れはてていて何か作ろうなんていう気にはなれなかったし、特に食べたいという物もなかった。夕飯はたいてい出来合いの惣菜《そうざい》か、インスタントの物で適当に済ませていた。

ずっとろくなものを食べていない。そのせいか、弁当はとてもおいしく感じた。いつも食事の時間だからと義務的に流しこんでいたコンビニの弁当とは全然違う。一つ一つ、どれにも味があった。苦手な煮豆も残さず、全部きれいに食べ終えた。

食事を終え、部屋の中を片づけると、お風呂へ行った。最後はやっぱり身体《からだ》をきれいにしておきたい。

風呂場は、一応民宿らしく、普通の家庭よりはわずかに大きかった。お風呂は毎日使っているのだろう、二階の部屋とは違い生活感があった。

今の季節は十分寒い。お湯につかると、身体が冷えていたことに気づく。手の指や足の先が少しずつ暖まっていく。身体の中の血管が広がっていく感触に、思わずため息が漏れた。手足を伸ばすとほっとする。水の力はいつもすごい。私が住んでいる街とは水の種類が違って、ここの水はやわらかく、身体を刺すものがなかった。お湯の中にいると、いろんなことを思い出しそうになった。先月も契約件数が達成できなくて、所長にヒステリックに怒鳴られたこと。書類を少し書き間違えただけで、同じ歳《とし》の経理の女の子にさんざん嫌味を言われたこと。そんな小さなことが私を苦しめていた。ゴミを出す日をまちがえて大家さんに注意されたこと、満員電車でぶつかってしまい、女の子ににらまれたこと、そんなどうでもいいことで私はたまらなく落ち込んだ。そして、それは、日に日にエスカレートして、私はほんのささいなことで、ダメージを受けるようになっていた。でも、もういいのだ。もうそんなことに悩むこともなくなる。お湯は少し熱めだったけど、天井が高いおかげで、のぼせずに気持ちよく浸《つ》かれた。

お風呂から上がると、十一時を回っていた。明日、会社に行かなくてもいいせいか、身体も心も安心しきって、時間がとても緩やかに流れていた。このまま心地よく、眠ってしまえそうだ。だけど、それじゃだめだ。そろそろ実行しなくては。

私は封筒に一万円札を十枚入れ、宿泊代と記して机に置いた。一泊千円だと男は言っていたが、後片付けなどもあるだろうから十万円。自殺者なんて出たら、民宿の仕事も廃《すた》れるかなと悪い気がしたけど、もともと客などめったに来ないようだから許してくれるだろう。残りのお金は実家の住所を書いた封筒に入れる。彼が心ある人ならば、きっと送ってくれるはずだ。

コップにお湯をくみ、薬を並べる。全部で十四錠ある。病院でもらったものを飲まずに貯《た》めておいたのだ。一日一錠。それを二週間貯めて十四錠。これだけ一気に飲めば死ねるだろう。断言することを嫌う医者もこの薬に関しては、「必ず用法を守ってください。危険ですよ」ってしつこく言っていた。

準備は完璧《かんぺき》だ。薬を飲んで、布団に入れば、それでいい。もう、考え直すことも、今までのことを振り返ることもしなくていい。そんなことはさんざんやってきた。繰り返しても仕方ない。もう止めるって決めたんだ。後は眠るだけだ。

薬を手のひらにのせる。こんな小さな錠剤がいろんな苦痛から私を解放してくれると思うと、不思議な気持ちがした。もう会社に行かなくてもいい。所長や上司とうまくやる必要もない。不条理さを感じながら顧客に頭を下げることもしなくていい。ちっとも気の合わない先輩や後輩に話を合わせることもない。そう思うと、ほっとした。

だけど、ちょっと待って。

このまま誰にも知らせないで死んでしまっていいのだろうか。二十三年の人生がこんな簡潔に終わっていいのだろうか。

やっぱり家族には手紙ぐらい書いておいた方がいいかもしれない。実家の両親と姉の姿が浮かんだ。みんなそれなりに私を愛してくれている。何かひと言残しておこう。そう考えてみたけど、適当な言葉はまるで浮かばなかった。「ありがとう」や「ごめんなさい」は、何か違う気がする。どうせ何を言っても悲しませるだけだ。だったら、黙っておく方がいい。

だけど、このまま死んだら誰にも私の気持ちはわからないままだ。家族には言えなくても、仲の良い友達には知らせておいてもいいかもしれない。でも、誰に？　春奈《はるな》や景子には知らせて、マキちゃんに黙っておくのは変だ。そうなると、三上さんや中井ちゃんにだって教えなきゃいけない。そうやって考えるとわからなくなった。特別仲が良いのが誰なのかわからなかった。どうせ最近、ほとんど誰とも連絡を取っていないのだ。死ぬ時だけ知らせるなんてわざとらしくてよくない。終わりが大げさなのは格好悪い。やっぱり、誰にも告げないほうがいい。

でも、やっぱり……。私は手のひらにのせた薬をもう一度机の上に戻した。

やっぱり、久秋《ひさあき》には知らせた方がいい。彼には私の最後を知ってほしい。久秋に知らせないのはあまりに冷たすぎる。二年間もそばにいたのだ。久秋には伝えるべきだ。

手紙を残しておくと誰かに見られるかもしれない。まさか便箋《びんせん》なんて持ってないし、郵送して、死んでから三日後とかに、読まれるのもなんだかタイミングが悪い。そうだ。メールだ。現在の世の中にはメールという素晴らしい通信手段がある。

付き合い始めた頃、私達は毎日メールのやりとりをしていた。会社でのつまらないこと、テレビドラマの感想、本当にどうでもいい話ばかりを送りあった。メールだとなんでも気軽に話せた。今は、つまらない話すらすることもなくなって、メールもしばらくしていない。だけど、死ぬことを知らせるのには、メールが一番ぴったりくるような気がした。

私は鞄《かばん》から携帯を取りだした。電池が後少し残っている。こんなことを、どうやって伝えたらいいのか悩んだけど、打ち始めると、言葉は自然に並んだ。

久秋に話したいことは本当はこんなにもあったんだ。久秋の気のない返事を聞かなくてもいい。メールだと言葉は止めどなく出てきた。もっとちゃんと彼が私の話に耳をかしてくれていたら、私が久秋に話しかけることを諦めなかったら、私の時間はもう少し引き延ばせたかもしれない。

久秋へ

こうしてメールなんかするのも、久しぶりだね。突然こんなことになってごめんね。ちゃんと何回も何回も考えた結果なんだ。だけど、久秋は悲しまないで。

二年間、久秋と一緒に過ごせて、すごく幸せだった。いろいろあったけど、久秋のことちゃんと愛してた。こうして、考えてみると、やっぱり久秋と過ごした時間は楽しかったんだなあって思う。

久秋と出会えたこと、久秋と一緒にいられたこと、きっとずっと忘れない。私がいなくなっても、私の心の中には久秋のことがずっと残ってる。私は旅立ってしまうけど、遠くから久秋の幸せをずっと祈ってる。

今までありがとう。そして、さようなら。

読み返すと、鳥肌が立った。ロマンチックでまいるけど、久秋が読む頃には、私はもういないんだからいい。久秋だって、私の最後の言葉だから、笑わずに読んでくれるだろう。

メールを送信して、最後にさよならってつぶやいてみようとすると、声が出なかった。どうがんばっても、声はかすれてまったく音にならなかった。喉《のど》が渇いて苦しい。寒さのせいじゃなく、身体が震えている。手のひらもじんわりと汗ばんでいる。怖いのだ。死ぬのはやっぱりすごく怖い。

いったい死んだらどうなるのだろう、私の身体は、魂は、どうなってしまうのだろう。今まで、私は死に直面したことがない。祖父母も家族もみんなぴんぴんしている。だから、死んだ後のことなどまるで見当がつかない。子どもの頃聞いた天国や地獄の話を思い出し、ぞっとした。延々と続く暗闇《くらやみ》を想像すると、身体がこわばった。全《すべ》てがなくなってしまうのだと思うと、おかしくなってしまいそうになった。今なら止《や》められるかもしれない。もう一度、やり直すべきなのかもしれない。だけど、もう決めたのだ。ここまで来てしまったのだ。もう進むしかないのだ。大丈夫。死んだって何もない。天国も地獄もない。闇も苦痛もない。何も考えることもない。死んだらそこで終わり。全てを終えることができるのだ。他には方法がない。もう、これ以上あの日々を続けることには耐えられない。これを飲めば、あの日々から解放されるのだ。それを思えば、死ぬことなんて怖くないはずだ。

私は自分にそう言い聞かせ、薬を少しずつ飲み込んだ。緊張のせいか、薬はなかなか喉を通過せず、何回もむせ返った。むせたせいか、恐怖のせいか、涙がにじんだ。私は布団《ふとん》に入り、眼を固く閉じた。長い間使っていなかった布団は湿っぽく重かった。こんなことなら、あの男が言ったように乾燥機をかければよかったと思った。そんなことを考えているうちに、私はすとんと眠りに落ちた。

2

目覚めは爽快《そうかい》。深い深い眠りの後、きっぱりと目が覚めた。爽《さわ》やかな朝、窓越しに太陽の光が見える。雲が出てないのだろう、太陽の光はいつもより濃く、部屋の中がすっきりと明るい。こんな清々《すがすが》しい朝を迎えるのは、何年ぶりだろうか。最近はずっと、浅い眠りと重い目覚めを繰り返していた。

深い眠りは新しい朝をちゃんと連れてくる。クリアになった頭には、昨日までの悩みを受け容《い》れて、それなりにがんばってみようという健《すこ》やかな意欲がほんの少し生まれていた。眠ることは素晴らしい。昨日は夕飯もしっかり食べたし、ゆっくりお風呂《ふろ》にも浸かったからなあ。健康な生活は私を少し元気にしてくれる。身体の調子がいいと、気持ちも軽い。仕事がうまくいかない、上司に責められる。そんなことどうだっていいんだ。そんなくだらないこと、人生においてはささいなことなのだ。新しい一日が始まる。朝はやっぱり気持ちいい。それにしても、どれくらい眠

っていたのだろうか。昨日までの私がずいぶんと遠くに感じられた。朝の空気は
窓を開けると、すっきりした空気が部屋の中へ入ってきた。朝の空気は少し湿っ少し湿って、緑の匂《にお》いがする。何て心地の良い朝だろう……。

……って、待てよ。窓の向こうは見慣れない風景。太陽の光が濃いのは、辺りに何もないからだ。この砂壁の古い部屋。もうすぐで紅葉が始まりそうな木々。やばい。すごくやばい。そうだ。昨日よく眠れたのは、お風呂や夕飯のおかげじゃない。睡眠薬のせいだ。私は死のうと思ったんだ。っていうか、死んだんだ。完全に目覚めた頭に、はっきりと昨日の自分がよみがえってきた。

えらいことになってしまった。私はしっかりと生きている。薬の影響はどこにもなく、身体は息をし、心臓を鳴らしている。むしろ、いつもよりも元気なぐらいだ。そう、しくじってしまった。自殺は失敗だったんだ。死ねなかったのだ。

私は自分の身体を見回してみた。手を伸ばしてみる、足を曲げてみる。指を動かす。私の意思どおりに身体は動く。死んだらどうなるのか、何もなくなってしまうのか、闇が待っているのか。さんざん悩んで実行した先には、いつもと変わらない自分がいた。全て終わりにしてもいいと思ったのに、全て変わらず私は存在してい

る。

どうすればいいのだろう。もう一度死ねばいいのだろうか。だけど、自殺をやり直すにも、薬は残っていない。というより、もう死ぬのは嫌だ。死ぬのはやっぱり怖い。昨日の私は死の恐怖を知らなかった。だから、踏みこむことができた。だけど、今の私には無理だ。薬を飲み込んだときの感触、重い布団の下で眠りに落ちるのを待つ心地。思い出すと息が詰まりそうになる。初めてだから実行できた。一度、死に向かう怖さを知ってしまうと、繰り返すことは不可能だ。それに、自分でも不思議だが、今は死にたいという気持ちが完全に薄れていた。生きていることを嬉《うれ》しく思っているわけではない。失敗は悔やまれる。でも、今は死ぬ気力がない。昨日は確かに、死ぬしかないと思いつめていた。早く死んでしまいたかった。なのに、一度果たしてしまったせいか、今はそんな欲求がどこにもない。あんなに深刻だったくせに、死のうという気が完全に失《う》せてしまっている。じゃあ、どうすればいいのだろうか。この失敗をどうやって埋め合わせればいいのだろうか。今までいろんな失敗をしてきたけど、まさか自殺をしくじってしまうなんて……。

私はこんがらかっている頭を整えて、空気をいっぱい吸い込んで深呼吸をした。

少しずつ身体に、冷たくて新しい空気がいきわたる。

そうだ。焦《あせ》ることはないはずだ。何も慌《あわ》てることはない。私は勝手に自殺しただけで、何かをしでかしたわけじゃないのだ。自殺が失敗に終わったからって、何も差し障《さわ》りはないはずだ。私は死ぬ直前の自分を振り返ってみた。貯金を全額下ろしたぐらいで、何も変わったことはしていない。

仕事だって、ちゃんと片づけてきた。自分のパソコンのデータを整理し、顧客のリストはフロッピーに移しておいた。やりかけている仕事の内容をリストアップして、辞表と一緒に所長の机の引き出しに入れておいた。胃薬の入った一番上の引き出し。所長は出勤してすぐに薬を飲むから、明日、月曜日の朝、私が会社を辞めたことに気づくだろう。

大丈夫だ。何もびびらなくていい。誰にも言い訳する必要も弁明する必要もない。部屋の中をぐるぐる回りながらそう言い聞かせていると、ドアを叩《たた》く音が聞こえ、私はびっくりして息を飲みこんだ。

「飯ができてんけど、どうする？　今日は食べるやろ？」

男の声だ。低くて重い声。そうだ。そうなのだ。私は突然、大らかな気持ちになった。

私は今、遠いところへ来ている。会社からも住まいからもうんと離れたところ、誰も私のことを知らないところにいるのだ。

着替えを済ませ、顔を洗って下に降りていくと、味噌汁《みそしる》と魚の匂いがした。昔ながらの朝ご飯の匂い。

「ああ、そこ座って」

広間のどっしりとした大きなテーブルの上には民宿らしく、割り箸《ばし》がおかれ、きちんと食事の用意が整っていた。男はもう食事を済ませたのか、私の分だけだ。

「悪かったかな」

男は私の前に味噌汁を並べると、あぐらをかいて座った。相変わらず汚い格好をしている。寒いのに薄手のトレーナー一枚で、首からタオルをかけていた。髪も髭《ひげ》も無造作に伸びたままだったけど、昨日の夜とは違って、すっきりした顔をしていた。

「起こしてもうたやろ?」

「いえ」

「ようわからんで。客が起きるまで放っておくのがええんか、朝ご飯の時間には起こすんがええんか。昨日の朝かて起こしに行ってんけど、あんた、まるで目を覚ます気配ないし。よっぽど疲れてんのかな思うて、昨日は放っといてんけど、丸一日寝たら、さすがにもうええやろって今日は起こしてん。お腹かてすいてるやろうし……。あかんかったかな？」

「昨日一日？」

男の言葉に、私は首をかしげた。

「そや。自分でわかっとらへんのかいな。あんた、一昨日《おととい》の晩来て、丸一日眠っとったんやで。昼間と、夕方に見に行ったけど、完全に熟睡しとったわ」

「そうだったんだ……」

私は三十二時間も眠っていたのだ。子どもの頃、熱を出して一日寝込んだことはあるけど、こんな長い時間まったく起きることなく、完全に眠ってしまっていたのは初めてだ。自分が無意識の内に、一日が過ぎ去っていたことが私はなかなか飲み込めなかった。

「あんまり味噌を煮立てるとまずいで。で、起こしたんやけど」

男はいつまでもぼんやりしている私にそう言った。

「いえ。ありがとうございます。いただきます」

私は手を合わせると、ご飯を口に入れた。いつもは朝食を取らないのに、さすがにお腹が空っぽになっているせいか、食べることができた。自殺を失敗したというのに、身体《からだ》はのんきなものだ。一昨日、死のうとしていた私は、今朝、ぴんぴんとしてご飯を食べている。

「この辺で作られてる味噌は、寒いで味が濃いんや」

味噌汁を飲んで顔をしかめた私に、男が言った。

味噌汁とご飯、白菜の漬け物、卵焼き、鯵《あじ》の干物《ひもの》。旅館の朝食らしい献立はどれもおいしかった。

「これって、全部おじさんが作ったんですか？」

私が訊《き》くと、男が笑った。

「おじさんって、俺、あんたとそない歳《とし》変わらへんやろう」

「ああ、そうですね。失礼しました。えっと、お名前がわからなくて……」

男の歳はわからなかったが、そう言われれば、私と変わらないようにも見えた。

だけど、無頓着《むとんちゃく》な服装や髪型、粗雑な言葉や動作はお兄さんと呼ぶのには不自然な感じがした。

「なんでや。ここ、民宿たむらなんやで、俺は田村や。まあ、おじさんでもどっちでもええけどな」

「そっか。そうですよね。すいません。じゃあ、田村さんが作られたんですか？」

「ああ。他に人おらんで」

この無造作な男が作ったとは思えないほど、朝食はおいしかった。味噌は辛いが、その分具のきのこにしっかり味がしみていたし、卵焼きは口の中でふんわりと溶けるように柔らかかった。干物の焼き具合もちょうど良くて、魚の生臭さは消えているのに、みずみずしさが十分残っていた。

「地のものは何でもうまいで、誰が作ってもおいしいんや」

男は感心している私にそう言った。

食事をすると、自分が生きていることがわかる。生きているのが良いのか悪いのかは別にして、魚や米や味噌、そういう確かなものを食べていると、ここでこうやって存在しているんだなあって感じる。

朝食を残らず食べ終え、食器を洗い場に運ぼうとすると、男に慌てて制止された。

「あんた客やで、そんなことせんでええ」

「はあ……」

「そこで、茶飲んで座っといたらええ」

確かに私は客ではあるけれど、自分の食べた物を目の前で片づけられてじっとしているのも落ち着かない。それに、千円でご飯まで出してもらうのは悪い気がした。とりあえず、私は残りの食器を台所へと運んだ。

「何もせんでええ言うてるのに」

「すいません。でも、逆に落ち着かなくて」

「古い人間やなあ。客に動かれると、こっちが落ち着かんで、もう座っとって」

男に台所から追っ払われ、私はテーブルの上のふきんをどこを拭《ふ》くでもなく動かしながら、男の背中を眺めた。

男は背が高く、流しに立つのに背中を曲げている。髪は短かく刈っていたのがそのまま伸びたようで、どういう髪型なのかさっぱりわからないぐらい寝癖がつきまくっている。もう肌寒いというのに、裸足《はだし》だ。身なりのどこにも頓着がない。身体がでかいせいでそういういろんなことが、よけいにだらしなく見えた。まさにむさ苦しいという言葉がぴったり来る男だった。

朝食を終え、ひと休みすると、私はとりあえず辺りを見て歩くことにした。しっかり頭を整理しなくてはいけない。

家の裏には男のものであろう、畑と大きな鶏《とり》小屋があった。畑は三つ並んでいて、それぞれ菜っぱのような野菜が植えられていた。鶏小屋は二つ並んでいたが、不思議なことに一つは空で、片方にだけ百羽ほどの鶏がいて、せわしなく動いていた。

畑を横切り、少し歩いていくと、他の家も見えてきた。タクシーの運転手が言っていたように、廃屋《はいおく》のような家が多い。屋根がつぶれたまま、放っておかれている家もある。人が住んでいる家は七、八軒しかない様子だ。どの家も大きな畑を持っていて、それぞれに違った物が植えられていた。少し道を下っていくと、家の前の畑で作業をしているおばあさんを見つけた。

「おはようございます」

「ああ、おはよう」

私が声をかけると、おばあさんが少し顔を上げて応《こた》えた。見知らぬ私を見掛けても、さほど驚いた様子はなく、おばあさんはまたすぐに作業に戻った。

坂を下りたなだらかな土地には、今風のログハウスのような家が建っていた。まだ新しくきれいな建物だ。お店のようで、近付くとかわいらしい手作りの看板が見えた。パン屋らしい。看板には有機栽培の小麦で作ったパンを売っていると説明が書かれていた。しかし、人がいる気配は全くない。決まった日にだけ開かれるのであろうか。

集落の真ん中辺りには、細く小さい川が流れていた。深さはほとんどなく、水が澄んで底が見える。確かにこの水量では火事を消すことは不可能だ。それでも、近付くと、水の流れる音が、さわさわと聞こえた。川がこんな風に音を立てることを、都会で育った私は初めて知った。

この集落は恐ろしく静かだけど、耳さえ澄ませばいろんな音が聞こえてきた。どこかの家で人が動くらしき音、鶏や犬の声、軽トラックのエンジンの音。鳥の鳴く声も聞こえる。いろんな種類の鳥がいるようで声は様々だ。風が通れば、葉がかさかさ音を立てる。空気が澄んでいると、音がちゃんと伝わる。

集落自体はそんなに大きくなく、二十分も歩けば、一回りできた。廃屋のような家や荒れた田畑。鬱蒼《うっそう》とした木々。行き交う人もなく、忘れ去られたような土地だ。ここは街よりも明らかに時間の流れが遅い。周りの物は全《すべ》てゆったりと動く。木の動きも、雲の流れも、気が抜けたように緩やかだ。

私は集落を回り終えると、昔公民館があった場所だという、小高い丘のような原っぱに座り込んだ。大きな楓《かえで》の木が真ん中に立ち、一面に雑草が生い茂っている。

さて、どうしようか。私はぼんやり空を見上げた。

あんなに悩んで決行した自殺は失敗に終わった。なのに、気持ちはけろりとしていた。毎日気を重くしていたいろんなことからは、とりあえず解放されたのだ。死にはしなかったけど、日常からは切り離された場所にいる。そのせいか、私の心は今までにないくらいのんきになっていた。

とにかく、これからのことを考えなくてはいけない。もう死ぬ気がないのなら、先のことを考えないといけない。だけど、一向に思考は動かなかった。今まで細々と考えすぎたからだろうか。脳は考えることを放棄しているように働いてくれない。

さえぎる物は何もなく、静かで考えるのにぴったりな場所なのに、まったくだめだ。空を見て、木々を見て、ただそれだけで、頭はいっぱいになってしまった。

3

三日目も、四日目も、同じように過ごした。

朝、早く起き、男の用意した食事を食べ、自分の物を洗濯して、外へ出る。集落の周りをゆっくり回り、おばあさんに挨拶《あいさつ》をし、有機栽培のパン屋を覗《のぞ》く。おばあさんの挨拶はいつも一緒で、パン屋は一向に開店しない。集落を一回りしたら、原っぱでこれからのことを考えようと試みる。だけど、思考はちっとも進まない。頭が考えようとしないのだ。今の私は答えを見つける力がない。死ぬ気もなければ、何かを始める気も起きなかった。

昼前に宿に戻ると、男の用意してくれた食事がテーブルに載っている。おにぎりとか、サンドイッチとか、簡単で冷めてもおいしく食べられるものだ。それを食べて、また外へ行く。何も考えず、ただ歩く。昼からは村がそれなりに活気づく。お年寄りばかりだが、何人かが畑で動く姿を目にする。人が働く姿を見ると、さすがに活動しなくてはいけないって気持ちになる。だから、私も少し一生懸命歩き回る。くたびれたら、そこら辺に座り込んで、ただ、景色を眺める。時々、細い雨が降ったりするが、気にはならなかった。ただそれだけで、日々は過ぎていった。

五日目の朝、男に訊かれた。

「あんた、観光とかせえへんの？」

「え？」

「どっか行ったりせえへんの？」

「いえ、特には考えてないんですけど」

男からすれば、わざわざこんな山奥に来て、何もせず過ごしている私は妙に見えるかもしれない。だけど、死ぬつもりだった私には、当然何の計画もない。

「五日もいたら、どんだけ丹念に見て回っても、この辺には飽きたやろう？」

朝ご飯の片づけを終え、男は首からぶら下げたタオルで手を拭きながら言った。

「そんなことはないですけど」

「民宿の仕事ってどうもわからんで、放ったらかしてるけど、こうしろとか言ってくれたらええんやで」

「これでいいと思います」

私は民宿を利用したことはないけど、ご飯が出て寝床が用意されている。それで十分だと思う。

「ここらは車ないとなんもできんところやし、どこも行けへんで、不自由してるやろ。なんなと言うてくれたらええわ」

男は愛想のいいことを、にこりともせず言う。言葉通りにして良いのか悪いのかよくわからない。

「あの、だったら少し買いたい物はあるんですけど……」

下着とパジャマしか持ってきていなかったから、私は同じ服を五日も着ていた。人に会わないから別に気にはならないけど、さすがに気持ち悪い。

「野菜や卵やったらうちにあるけど、どんなもんいるん？」

「食べ物じゃなくて、細々した身の回りの物を買いたいんです」

「そやったら、町に行けばええわ。ちょうど今日、配達行くで、一緒に乗ってけばええ」

「助かります」

配達の時間まで、少し間があった。私はいつも通り、集落の中をぐるぐる回った。部屋で待ってても良かったのだが、いつものサイクルになっていて、朝の集落を歩かないと落ち着かなかった。

おばあさんにおはようと言われ、道の脇《わき》の朝露をいっぱい含んだ細い葉に足を濡《ぬ》らしながら歩く。いつ開けるのかわからないパン屋を覗き、変化のない廃屋を眺める。たった二十分で回れる集落。どことも繋《つな》がっていない。小さな村。

「もうそろそろ行くで」

男の声が聞こえた。

軽トラックの後ろには、卵の入った段ボールと、野菜が詰まった段ボールがいくつか入っていた。男はこういうものを配達して生活しているのだろうか。

「何かおもろいものあったか？」

車に乗り込むと、男が言った。

「へ？」

「散策してたんやろう？」

「そうです。ああ、パン屋さんがあるんですよ。少し坂を下ったところに」

私が報告すると、男が笑った。

「そうか。でも、知ってるで。俺、ここに住んでるから」

「そうですよね。すいません。でも、本当、何もないですね。がらんと広がってて。みなさんどうしてるんですか？　病院とか、買い物とか。お年寄りばっかりなのに」

「なんちゃない。車で三十分も走れば、町に着くで。ちょっと行けば、何でもあるし、何でもできるからな。ここら辺は、すげーじいちゃんでも車乗りよる」

「なるほど……」

男は「吸ってもいい？」と訊いてから煙草《たばこ》に火をつけた。窓を開けると、煙草の煙もすぐに朝のまっさらな空気に吸い込まれていった。これだけ木があれば、私達の出す空気なんて一瞬にして浄化されていく。

車を十分も走らせると、整備された道に出て、海が見えた。ここに来た日は、夜で何も見えなかったが、今朝は天気も良く、海がずっと向こうまで見渡せる。

「すごい。山と海が同時に見える」

山をすぐそばに持つ海も、海をすぐそばに持つ山も、とてもリアルで私を興奮させた。まだ昇りきっていない太陽は海面に近く、海の形をくっきりと見せてくれた。

ここの海は入り組んだ湾になっていて、いくつかの岬が海の周りを囲んでいる。ちょうど向こう側に見える岬は険しい山で作られている。こっちの空はきれいに晴れているのに、向こうの岬の上には重く黒い雲が浮かんでいた。

「この辺は天気がすぐ変わるねん。海も山もあるからな。ほんますぐ雨が降りよる」

不思議そうに空を見つめる私に、男が教えてくれた。

「昔からここで暮らしてるんですか?」

「いや、三年前に帰って来てん。もちろん子どもの頃はここで育ったけどな」

「どうして?」

「どうしてって?」

「どうしてここに戻ってきたんですか?」

ここは山も海も見えてすばらしい所だとは思う。だけど、若い男が生活するのには相応《ふさわ》しくない場所に思えた。

「親が死んでなあ。両親両方」

男はけろりと言った。

「お二人とも？」

「そや。お袋も親父《おやじ》も。ほんで、帰ってきてん」

「大変ですね……」

「なんちゃない。それより、あんたこそ何で来たん？」

「へ？」

「なんでわざわざこんな山奥に来たん？」

「特に理由は……」

「最近の若い人って理由なく、こんな辺鄙《へんぴ》な所に来るん？」

「さあ、他の人のことはわからないですけど……」

「自殺やろう」

「へ？」

「あんた、死のうと思ってここまで来たんやろう？」

「ど、どうしてですか？」

私は突然核心をつかれて、声が裏返った。どうして男に私が死のうと思っていたことがわかったのだろうか。睡眠薬を飲んだ後遺症がどこかに出てるのだろうか。

「そんなもん、顔見たらわかるわ。悲しみがにじみ出てるで」

「うそ!?」

私が慌《あわ》てて顔をこすると、男はけたけた笑った。

「うそや。そんな慌てんといて。何もにじみ出てへんから、顔こするの止《や》めとき。赤くなってるで」

「だったら、どうして？　どうして私が死のうと思ってることがわかったんですか？」

ぼさっとして見えて、この男には人を見透かすような能力があるのだろうか。私は男の顔をまじまじと見つめた。

「うちの民宿あるやろ、そこから山に上がっていく道中に眼鏡橋《めがねばし》って橋があるねん。正式には観世橋《かんぜ》っていうんやけど、深い谷に掛けられた細い橋でな。そこ、自殺の名所やねん。近畿各県から、冬前には続々と身を投げに来なるで、あんたもそういうんかと思っただけ。こんな時期に突然一人で来なるんやで」

そういうことだったのか。私は自分から死がにじみ出ていないことにほっとした。

「で、いつ？」

男が訊《き》いた。

「いつって？」

「あんた今、どうして私が死のうと思ってるのがわかったんですかって言っとったやろう。いつ死ぬの？ 明日か明後日《あさって》か？ 一応教えといてくれな、あんた死んだら知らんと、俺、夕飯とか作って待っとったら空《むな》しいやろ」

「それだったら、もうしたんです」

「もうしたって？」

「もう死んだっていうか、一応、決行はしたんです」

「うそ!?」

今度は男が大きな声を出して、私の方を見た。

「本当です。……あの、前見て運転してください」

「ああ。あんたすごいなあ。今まで、眼鏡橋から飛び降りて、無傷で上がってきた奴《やつ》はおらんで。華奢《きゃしゃ》に見えてすごい運動神経やったんやなあ」

「いえ、眼鏡橋からは飛び降りてません。部屋でちょっと」

「部屋で？」

「睡眠薬飲んだんです。でも、失敗しちゃって」

「睡眠薬？　そんなんで死ねるの？」

「さあ」

「なんか一昔前の漫画やな。今時、睡眠薬で死んだなんて聞いたことないで」

「そう言えば、そうですね」

確かに睡眠薬を何錠飲めば死ねるかは、わかっていなかった。死ぬ手段なんて深刻に考えていなかった。だけど、あの時、私は本気でもうだめだと思っていた。睡眠薬を飲んで死ぬことしか、日常から逃れる方法が思い付かなかったのだ。

「そうですねってのんきやなあ。本気で死ぬ気やったん？」

男は、伸ばしたいのか単に剃《そ》るのが面倒なのか、うっすらまだらに生えた髭《ひげ》をこすりながら言った。

「もちろん本気でしたって！　今は何か、ふっきれちゃったから、こんな感じですけど、こないだまで私、すごく深刻だったんですから」

「まあそんな興奮せんといて。でも、そやったら、眼鏡橋行ったらよかったのに。

あっこやったら的中率高いで。薬より手っ取り早く死ねるわ。それに、今の時期やったら、町役場かいな、なんか係の人が来てすぐ遺体片づけてくれるで、安心や」

「はあ……」

男の説明に私はげんなりした。

「どうしたんな。暗い顔して」

「自殺を勧められたら誰でも暗くなります」

「そっか。そりゃ悪いことしたな。死んだらあかんで。生きてたらええことあるわ」

男は笑いながら、適当なことを言った。

男の言うとおり、町に出ると何でもあった。全体的にこぢんまりした古びた町ではあったけど、銀行も郵便局も病院もちゃんと並んでいた。海が近いせいか、寿司《すし》屋や魚屋が目立つが、美容院やCDショップなど、街と変わらない店もあった。

男が配達に回る間、私はショッピングセンターで買い物をすることにした。三階建てのショッピングセンターは、この辺では一番大きな商店らしく、平日の午前中なのに買い物客がちらほらいた。

私は早速、歯ブラシやシャンプーや、細々とした物を買った。品揃《しなぞろ》えは良く、私が普段使っていたものが売られていた。おしゃれな物は売っていなかったが、洋服も一通り買うことができた。

店員の販売意欲がびっくりするぐらい低いのと、私が暮らしていた街で、一年ほど前に売り出されたお菓子が新製品として並んでいたことを除くと、ショッピングセンターの中にいると、何ら都会と変わらなかった。暇つぶしに雑誌でも買おうかと書店にも行ったが、読みたいと思えるものはなかった。

「えらいようさん買うてんなあ」

配達を終え、迎えに来た男は、両手に荷物を持っている私に驚いた。

「ええ。着替えとか全然持ってきていなかったので」

「着替えって、あんたって家に帰らへんの？」

「さあ……」

言われてみれば、そんなこと私はちっとも考えていなかった。着替えがないし、身の回りのものがない。だから買いそろえないといけないと思っただけで、いつまでいるのか、いつ帰るのか、何も考えていなかった。

「まあ、好きなようにしたらええけど。ちゃんと欲しいもの売っとった？」

「はい。大丈夫でした。歯ブラシとか、普段使ってたものがあったし」

「歯ブラシって、うちのじゃあかんかった？」

民宿たむらでも洗面用具類は歯ブラシを初め、ちゃんと用意してくれてはいた。だけど、どれも私が使っていたものとは違って、使い勝手が悪かった。

「そうじゃないんですけど、私、歯ブラシはブラシが小さいのじゃないと、なんか吐きそうになるんです」

「死ぬ気やったくせに、あんたって、変なことにこだわるんやなあ」

そう言って、男は笑った。

男も町でいろいろ買いこんでいたのに、その日の夕飯のおかずはとても質素だった。白菜の酢の物と味噌汁《みそしる》だけが食卓の上に並んでいた。

「どうしてやと思う？」

ご飯をよそって、食卓に並べながら男が言った。

「給料日前ですか？」

「あんたってほんまおかしい人やなあ。俺が給料制に見える？　まあええわ。とにかく食ったらわかるで」

いつも夕飯は男と一緒に食べる。冷めるとまずいし、二回火を入れるのもまずい。別々に作るのは面倒すぎる。だから、夕飯は一緒で勘弁してくれと、言われていた。

「じゃあ、いただきます」

食事が粗末な理由なんてご飯を食べてわかるわけがないと思ったが、一口ご飯を口に入れて私はすぐに答えがわかった。

「な」

「お米、甘いですね」

「今日、山岸さんとこで買うて来たんや。今年は冷夏やったで、今頃刈り入れはってん」

「すごい味が濃い」

新米は今までだって食べたことがある。でも、正真正銘の取れたての米を食べたのは生まれて初めてだ。

「そうなんや。水がええし気候もきっぱりしとるで、丹後米って味が濃厚なんやで。

この辺の人らは新米おかずにして、古い米食うぐらいや」

これだけ米に味があれば、それもできそうだ。おかずは必要なかった。白菜や味噌汁も食べたけど、米がおいしくてそれどころではなかった。

男は自分のをよそうついでに、私の茶碗《ちゃわん》にもご飯を入れる。お陰で、四膳《ぜん》もご飯を食べてしまった。おいしいお米はいくらでも食べられる。だけど、どっとお腹《なか》に来る。山盛り四膳も食べるとさすがに動けなくなってしまった。男も六膳を平らげ、さらにお酒を飲んだせいでぐったりしていた。

「食ったなあ」

「お腹いっぱいになりましたね」

男も私も食べることを止めて箸《はし》を置いた。ご飯を食べてくたびれるなんて贅沢《ぜいたく》なことだ。二人とも満腹のあまり、足を伸ばしてだらしなく座った。お腹がいっぱいになると、開放的になってしまう。

「若い頃は、一人で五合は食えたのになあ」

「若い頃って、田村さんって今おいくつなんですか？」

「もう三十や」

男は何もお腹に入らないと言いながら、お酒はぐんぐん飲んだ。男はいつも日本酒を湯飲みで飲む。そして、どれだけ飲んでも、ほとんど酔わないようで、顔色も変わらない。

「そうなんですか。まだ三十だったら、もう少し、こぎれいにすればいいのに」

「これ、わざとやで。商売のために汚い格好にしてるんやって。七三分けで眼鏡かけとったら、あんま有機野菜って感じせえへんやろう？」

「確かにそうですけど」

男は有機野菜を作り、それを配送して生活している。確かにむさ苦しい男が売る方が、きちんとした男が売るより、無農薬っぽい。でも、男の無精な雰囲気は昨日、今日できたものではないはずだ。しっかり染《し》みついて、板に付いている。

「俺かって、親が死んでここに戻ってくる前は、今風にぱりっとしとってんで」

「ご両親はどうしてお亡《な》くなりになったんですか？」

男は両親両方、三年前に死んだと言っていた。こんなのどかな場所で、二人の人間が一気に死ぬ理由が気になった。

「それがびっくりするで」

「何ですか？」

「交通事故や」

「ここで？」

「そうや。この集落に入る前の道で、車に轢《ひ》かれてん。こんな交通量の少ないところやのに」

「すごいですね」

「そやねん、実はこの辺は車に轢かれる人がわりと多いんやで」

「不思議……」

この辺は人も車もめったに走っていない。人が死んでしまうような事故があるなんて想像できなかった。

「ここら辺、ずっと信号ないやろ？」

私は今日、車で走った道を思い出してみた。確かに町を出ると、信号は一つもなかった。

「信号がないで、観光で来てるやつとか、みんなええ気になって、飛ばしまくるんや。障害物ないし、歩行者も対向車もめったにけえへん。ほんで、普通に歩いてるじいちゃんとかばあちゃんとか轢かれんねん」

「怖いですねえ」

「怖いで。あんたもよう気をつけな、うろうろ歩いとったらぶっ飛ばされるで。というても、車が通るのなんて、一日三台ぐらいやけどな」

男はそう笑うと、またお酒を飲んだ。男は無愛想な顔立ちだが、よく笑う。笑うと目も口も大きく形を変える。はっきり笑っているとわかる、気持ちいい笑い方だ。

「それより、あんたこそなんで死のうと思ったん？」

「なんでって言われても……」

「歯ブラシの大きさが気になってか？」

「そんなんじゃないです。なんていうか、その、いろいろうまくいかなくて」

「いろいろ？」

「私、こう見えても、営業職してたんです。えっと、保険の勧誘なんですけど」

「こう見えても？」

「おとなしそうに見えるけどってことです」

「なるほど。それで？」

「それが見事にうまくいかなくて。契約なんて全然取れないし……」

今は、掛け金の安い外資系の保険も入ってきてなかなか契約がとれない。それどころか、不景気のせいで解約する人も多く、まるでうまくいかない。

「契約が取れへんからって死んだん？　すごい発展的やなあ。俺、釣りに行って一匹も釣れへんことしょっちゅうあるけど、死のうと思ったことは今まで一度もないなあ」

「それとは全然違います。契約が取れないと、上司にも責められるし、周囲の人間にも嫌味を言われるし、一大事なんです。いつもいつも、ノルマに追われて……。苦しかったんです。どれだけがんばっても、全然達成できないし。それに、だいたい私、営業の仕事に向いてなくて……」

どうして私はよりにもよって、営業職なんかに就いてしまったのだろうか。今思えば、大失敗だった。

方程式が登場した頃から数学は意味不明で、英語にしても体育にしてもほどほどしかできない。これといった資格も免許もない。だから、私の就職先はなかなか決まらなかった。ちょうどそんな時、大学の就職部にそこそこ名の知れた保険会社の新入社員の募集が来ていた。営業の仕事なんてできるのかとは思ったが、それくらいしか自分にできそうなものはなかった。

子どもの頃から愛想はいいと言われていた。真面目《まじめ》そうに見えるお陰で、第一印象はよく思われた。人当たりも良く、人に嫌われることもほとんどなかった。人に会って保険を勧めて入ってもらう。それなら簡単にできそうな気がした。

ところが、甘かった。保険を勧めると、当然客は、そんなものいらないと言う。もう保険には入ってますからと断ってくる。私はそこですんなり、そうですよねって引き下がってしまう。いらないものはいらないのだ。それを無理に勧める気にはならないし、お客さんの言うことはたいてい正しかった。私の愛想の良さや物腰の柔らかさは、保険の勧誘には何の役にも立たなかった。形のない保険を売るには、愛想の良さではなく強引さが必要なのだ。私は入社してからずっと、ノルマを達成できないでいた。

営業の仕事だけじゃない。職場も煩《わずら》わしかった。働き始めて三年になるのに、私はまったく職場の雰囲気には慣れなかった。学生時代の私は、友達も多く、人付き合いはうまい方だった。なのに、社会ではどうがんばっても、周りの人間とうまくやることができなかった。いつも居心地が悪く、職場にいるだけで気が沈んだ。

「それやったら、しばらく休みでも取って、どっか旅に出ればよかったのにな。そしたら、今みたいに死ぬ気なくなって、また働けたんちゃうの？」

「そうですね。でも、契約も取れてないのに休みを取る勇気も、どこかに行く思い切りも私にはなかったんです。死のうと思ったから、こんな辺鄙《へんぴ》なところまで来れたんです。だいたい、そんなことがたやすくできるような人間なら、こんなに悩まないですよ」

「ふうん。そんなに嫌やったら、仕事辞めればよかったのになあ」

男はあくびをしながらのんきに言った。

「そんなこと何度も決心してみました。辞表だって何回も書きかけました。でも、できなかった。とてもじゃないけど、辞めるって言い出せなかった。契約も取らずに、会社を辞めて、みんなに無責任だってののしられるのが怖かったのかもしれません。もう大人なのに、私、上司や先輩が本気で怖かったんです。いつもみんなとうまくやらないとって、びくびくしてた。嫌われないか、悪く思われないかって、自分が好きでもない相手なのに、いつも相手の機嫌が気になって……。そのうえ、契約を取らないといけないプレッシャーもあって、もう本当に疲れ切っていたんです。ずっと身体《からだ》も調子悪くて、何も楽しいこともなかった。こんなくだらないことで死ぬなんて、親は泣くだろうし、世間は笑うだろうってわかってるんですよ。でも、そのくだらないことに向き合う気力はもう残っていなかったんです……って、なんかちょっと話しすぎましたね」

勢いよく一人で話してたことが恥ずかしくなって私が笑いながら顔を上げると、男は小さな寝息を立てて、座ったままで静かに眠っていた。

4

木屋谷へ来て、一週間が経《た》とうとしていた。

田村さんの生活パターンも少しずつわかってきた。毎朝、六時に起き朝食を取り、夕方まで畑仕事をする。鶏の世話もしている。鶏肉《とりにく》、野菜、卵。それらを二日おきに町まで配送して、小さな市場やレストランに入れる。それで生計を立てているようだ。たまに漁にも出る。それは自分で食べるだけで、売りには出さない。多く釣れたら周りの人たちにお裾分《すそわ》けをする。それと、今は、私が客としているせいか、料理や掃除もしている。髭《ひげ》を剃《そ》るのは三日に一度、洗濯も一緒。洋服はいつもトレーナーとスウェット。夜でも朝でも裸足。何をするにも大雑把《おおざっぱ》だ。朝は早く、夜も早い。

私の生活は、ほぼ毎日同じだ。朝ご飯を食べ、散歩に出る。朝の木屋谷はどんな天気でも健やかで気持ちいい。おばあさんに挨拶《あいさつ》をし、畑仕事をしている人たちを眺め、集落をぼんやり歩く。午後も、だいたい一緒。自然のリズムが決まった時間に起きて、きちんとご飯を食べ、自然の中を歩く。自然の身体にも移って、夜は勝手に眠くなり、朝は勝手に目が覚めた。

時間はたくさんあった。目の前にある時間は全《すべ》て自分のためのものだった。その中で、そろそろ今後のことを考えようとするのだけど、まるでできなかった。これだけどでかい自然の中にいると、考えることが面倒になってしまう。無数に立つ木々の揺れる姿や、厚い雲に覆《おお》われても、太陽が輝いていても、変わらず広がる空を見ていると、考えることを忘れてしまう。

考えることなんて止めて、ここでこんな風に過ごしていられたら、それでいいのかもしれない。自然の中で自然の流れにのって、生きていくのはとても楽だった。結局、先のことは何も決められず、ただ夕焼けに染まっていく木屋谷の中を回って過ごす。それを繰り返していた。

「そやから何回も言うてるけど、あんた客なの。ほんでここは民宿」

夕方、風呂《ふろ》掃除をしている田村さんに、何か手伝うことはないかと声をかけたら、いつもと同じように追っ払われた。

「でも、本当だめなんです。よけいに気が重くて。何か言っていただいた方がいいんです」

「あんた病気やなあ」

「田村さん仕事もしてて、そのうえ、掃除とか料理とかもして、なのに、私は何もせずに、食べて寝るだけっていうのは気を遣います」

長居してくると、さすがに掃除や洗濯ぐらいはしなくてはと思う。特に田村さんが家事をしている姿に出くわすと、じっとしていられない。

「でも、あんた金払うやん」

「そうですけど」

「まさか、泊まり逃げしようとしてるんちゃうやろ？」

「違います。ちゃんとお金はあります」

私は慌《あわ》てて首を振った。死ぬ気で下ろした大金はほとんど残っている。

「そやったら、何も気にせんとぼーっとしとったらええねん」

「難しいですね。ぼーっとするのも」

「どうでもええけど、あんたさ、こんなとこにいつまでもおってええの？」

田村さんは湯船をこすり終え、水で洗剤を流した。風呂場にはオレンジ色の夕日が差しこんでいて、泡《あわ》がきらきら光って排水溝に吸いこまれていった。

「さあ……」

「さあって、仕事とか家族とかほうっといて大丈夫なん？」

「仕事は、私がいなくても十分進んでます。一人暮らしだったから、家族も私がいなくなったところで、しばらくは気づかないだろうし」

残念ながら本当にそうだ。きっと会社ではすっかり私の穴は埋まっている。家族だって一週間や二週間の不在ぐらいでは、私の変化には気づかない。下手《へた》すれば、私がちゃんと死んでいたとしても、誰にも気づいてもらえなかったかもしれない。大人になることの中には、きっとそういうことも含まれている。

「あんたって、死ぬこと誰にも知らせへんかったん？」

「ええ」

「ええって、遺書とかも書いてへんの？」

「そうなんですよね」

「ふうん。死ぬ時って、案外そんなもんなんやなあ。まあ、猫でも隠れて死ぬって言うしなあ」

「そうですね……。あ！」

「なんや。唐突に大声出さんといて」

私の声が天井の高い風呂場に甲高く響いて、田村さんは慌てて水道を止めた。

「やばい！」

「やばいって？」

「どうしよう、すごくやばいです」

どうして私は久秋のことを、すっかり忘れていたのだろう。ここへ来て一週間、一度も久秋のことを思い出さなかった。あんなにも考える時間があったというのに、彼のことをまるっきり忘れていた。

「私、死ぬって言っちゃいました。言ったというか、メールで。あ、メールって言うのは、通信手段の一種で、携帯電話に打った文字が、相手の電話に送信されるっていうシステムで……」

「知っとるわ。あのなあ、何回も説明しとるけど、車で三十分も走れば、町に出るんよ。今の日本に完全に取り残されてる田舎なんてないって」

「そうですか。すいません。とにかくそのメールで彼氏に死ぬって言っちゃいました」

「まずいな」

「かなりまずいですね。どうしよう……。でも、会わなかったら死んでないことばれないから大丈夫か」

「あんたっておかしな人やなあ。死んでないことがばれないっていうより、あんたが死んだってことに彼は驚いてるんちゃうの？」

「はあ、そうですね」

「今頃、後追って死んどったりして」

「はあ」

「はあって、ほんまのんきやなあ」

後を追って死ぬなんて、久秋はそんなことはまずしない。そういう人ではないのだ。久秋は薄情なわけではないが、淡々としている。きっと彼なら私が死んだことは素直に受けとめ、次に進んでいるはずだ。

「でも、後追い自殺はしてなくても、私が死んだことを警察に届けたりはしてるのかなあ。いや、自殺だから別に警察に言わなくてもいいのかな。でも、お葬式の準備してたりして。いや、遺体がないのに、準備なんかしないよねえ。ってことは、私の親に連絡取って探しに出てたりして……」

私は久秋の取りそうな行動を考えてみた。計画性があって、頭の良い人だった。いつも周囲や先のことを考えられる人だった。めったに感情的にならず、冷静な判断ができる。そういうところに私は惹《ひ》かれていた。だけど、そのせいか何年付き合っても、どれだけ一緒にいても、いくら好きでいても、完全に親密になれない感じがした。

「そんなに心配やったら、電話してみたらええやん」

「そうですね」

「そうですねって、はよせな、捜索願い出されるで」

「捜索願い!?」

田村さんに脅《おど》されて、私は慌てて鞄《かばん》の中の携帯を取りに部屋へ戻った。

自殺すると言っていた私が、どこにもいない。遺体も見あたらない。そうなれば、久秋は居場所を探そうとするかもしれない。捜索願いはやばい。そんなことになったら親は泣く。早く久秋に無事を知らせないと。

それにしても、携帯電話を持ってきてよかった。本当に携帯は便利だ。私は急いで鞄の中から携帯を取りだした。

ところが、携帯電話はまったく反応しない。どこを押しても動かない。画面には何の表示も出てこず、真っ暗なまま。電池が切れているのだ。死ぬつもりだったから、当然充電器は持ってきていない。

久秋の電話番号を思い出してみる。090―92……。だめだ。そこまでしか、浮かばない。いつも登録されていた番号でかけていたから、まったく思い出せない。

「田村さん！　大変です。電池が切れてて、電話が動かないんです。携帯がないと電話番号がわかんないのに」

私は階段を駆け下りながら叫んだ。田村さんは風呂掃除を終え、夕飯の準備のため台所へ移動していた。

「騒がしい人やなあ。ほんだら、手紙でも書いたらええやん。速達やったら、明日か明後日に着くわ」

田村さんは里芋の皮を剝《む》きながら言った。

「手紙?」

「そう。紙に文章書いて、切手貼《は》ったら郵便局のおっさんが届けてくれるやつ」

「それくらい知ってます」

「手紙でええやん。電話より話しやすいやろ?」

「そっか。そうですね」

久秋の住所は……。

不思議なことにちゃんと覚えていた。久秋に手紙など一度も送ったことないのに、頭の中に番地までちゃんと残っていた。

山辺台《やまのべだい》三丁目。真っ赤なジャングルジムのある公園と、小さな商店街がある静かな町。

久秋の家に行く途中、私たちはよくその公園で時間を過ごした。子どもの数が少ない町で、公園は犬の散歩をする人やカップルばかりだった。公園のベンチに座って、ただぼんやりと過ごすのが二人とも好きだった。商店街はさびれてしまっていたが、おいしい和菓子屋さんがあった。久秋はそこのみたらし団子が気に入っていて、時々二人で買いに行った。

グリーンハイツ四〇一号室。名前とは違って、クリーム色のアパート。久秋は一年前、そこに引っ越した。四階なのにエレベーターが付いてなくて、荷物を運ぶのに苦労した。古いアパートだったけど、日当たりが良く、風通しも良い部屋だった。

覚えようとしなくても、そうやって刻んできたものはちゃんと頭に残っていた。携帯はあんなに進化しているのに、人は最後には原始的なものに頼ることになるんだなあ。私はしみじみしながら、田村さんが用意してくれたちっともかわいくない茶色い封筒と便箋《びんせん》を受け取った。

言葉はすぐに浮かんだ。というより、言うべきことは一つしかなかった。私は便箋の真ん中に、

「私は元気です。安心してください」

とだけ書いた。他に書き足すことも、伝えるべきこともなかった。死ぬ時はだらだらととりとめなく書きすぎたから、生き返った時は簡潔に。

書き上がると、すぐに田村さんが軽トラでポストに入れに行ってくれた。

三日後、久秋が訪ねてきた。

昼過ぎに、いつもと同じように集落をうろついていたら、タクシーが民宿たむらの前に止まった。軽トラばかりの集落に乗用車が入ってくると、とても目立つ。いったいなんだろうと近付いてみると、久秋が車から降りるのが見えた。

「やあ」

久秋は私を見つけて、手を掲《かか》げた。

「どうしたの？」

「どうしたのって、手紙くれたろう」

「そうだけど……」

私はとても驚いた。手紙は出したけど、まさか久秋が来てくれるとは思ってはいなかった。ただ、生きていることを知らせればいいと思っただけで、手紙を出した後は、もう久秋のことは気にしてはいなかった。それに、こんな遠くまで足を運ぶなんて、久秋らしくなかった。

「あれ？　でも、どうしてここにいるってわかったの？」

「手紙にマッチが入ってただろう？　この民宿の。そこに住所が書いてあったから」

「マッチ……」

それはきっと田村さんの仕業《しわざ》だ。

「そっか。それで、わざわざこんな所まで来てくれたんだ」

「まあね。思った以上に遠くてびっくりはしたけど」

久秋が静かに笑った。

私たちは二人で、いつもの私の散歩の道順通りに、集落を一緒に歩いた。久秋の頭のすぐ上を黄色く染まった落ち葉が舞う。久秋が時々ぼそりと「きれいだね」とか「いい景色だ」と言うのに混じって、鳥の鳴き声が聞こえる。久秋の切りたての髪をすり抜けるように冷たい風が吹く。いつもと変わらず集落は美しく、いつもよりほんの少し全《すべ》てが色濃く見えた。晩秋のせいで赤くなった木々や茶色く広がる田畑の様子に、いちいち久秋は感嘆の声を上げた。私はそんな彼の様子をほほえましく思った。そして、たった十日足らずでこの風景に馴染《なじ》んでしまっている自分をもったいなく思った。大きな杉の木も楓《かえで》の木も、一面すすきの原っぱも私はとても気に入ってる。だけど、もう私は驚かない。すごい風景を見ても、びっくりはしない。染まってしまうと楽だけど、つまんないなあと思った。

「ずいぶん遠くまで来てたんだね」

川を見下ろしながら、久秋がぼそりと言った。

「うん。まあね。……びっくりした？」

「ああ、少しね。仕事はずいぶん長く休んでるの？」

すっかりこの地の言葉を聞き慣れたせいで、久秋の方言じゃないアクセントが新鮮に聞こえた。

「会社は辞めたんだよ」

「そっか。それもいいかもしれないね」

久秋はいつでも私の決断にとやかく言わなかった。私との仲がとても深まっている時でも、変わらなかった。それは、彼が寛大だからじゃなく、他人のすることに興味がないからだ。

「旅行？」

「へ？」

「これって、旅行してるの？」

久秋が冷たい空気に頰《ほお》や鼻先を赤くしながら、私に訊《き》いた。

「そうじゃないけど、あれ、えっと、メール見た？」

「見たよ」

「じゃあ、驚かないの？」

「驚くって何に？」

「私が生きてることとか……」

「生きてるって？　どうして千鶴が生きてることに驚かなくちゃいけないの？」

久秋は不思議そうに眉《まゆ》をひそめた。彼の癖だ。わからないことや納得できないことがあると、久秋はすぐ眉をひそめる。だから、まだ二十六歳なのに、久秋の眉間《みけん》には縦皺《たてじわ》が深く刻まれている。

「メール、ちゃんと全部読んでくれた？」

「読んだよ」

「どう思った？」

「そりゃ、ちょっと驚きはしたけど、でも、なんとなくわかってたから」

「わかってたって？」

私の声が、静かな集落に響いた。

「千鶴が別れたいって思ってること。俺たちってなんだか惰性で続いてるようなところがあったし」

「私が死ぬんじゃないかって思わなかったの？」

「どうして千鶴が死ぬの？」

久秋はおかしそうに首を傾《かし》げた。

最後のメールは遺書のつもりだった。思い切って、久秋にだけ最後を伝えた。なのに、久秋にはただの別れを切り出した文章にしか見えなかったのだ。きっと、もっとずっと前に私達は終わっていたんだ。

「でも、じゃあ、どうして？　どうしてこんなところまで来てくれたの？」

「だって、手紙くれたからさ」

今度は私が首を傾げた。あんな重いメールでも動じなかった久秋が、たった二行の手紙でどうして飛んできてくれたのだろう。

「普通、あんな手紙書かないだろう。私は元気です。なんてさ。何かあったのかなって思うじゃん」

「ちゃんと安心してくださいって書いておいたのに？」

「そりゃそうだけど、本当に大丈夫だったら、わざわざそんなこと言わないだろ？」

「そうなのかな」

「そうさ。元気なやつが、元気だから安心してなんて、突然言い出したりしないよ」

確かにそうかもしれない。だけど、私は前よりもずっと元気だし、前よりも大丈夫だ。

「本当に元気なのに」

「そうなの？」

私の言葉に久秋がまた眉をひそめた。

「うん。元気だよ」

私はそう言って、笑った。久秋は私の顔を見つめていたが、しばらくすると「なあんだ」と言って笑った。

二人の間でいろんなことがずれていて、いろんなことがおかしく伝わっていた。

でも、久秋はここまで来てくれた。電車やタクシーを使って、こんなに奥まで。きっと恋人ではなくなってしまっていたけど、とても律儀《りちぎ》で優しい人だったんだ。

久秋は民宿の前にタクシーを待たせていて、帰りの特急に間に合わないからと言いながら、一時間ほどで帰っていった。

私は民宿の前でずっと、久秋のタクシーが見えなくなるのを見送った。うっすら色づいた木々の中を走っていく車をとてもきれいだなと眺めていた。久秋がいなくなる姿を、不思議なくらい寂しいとは思わなかった。一つのことがゆっくり終わっていくような静かな心地よさを感じた。

「不思議ですねえ」

私は沖ぎすの煮付けを食べながら言った。沖ぎすはここへ来て初めて知った魚だ。細長くて、ひょろっとしているけど、身が柔らかく、しっとりとおいしい。

「何がや」

「遺書ではびくともしなかったのに、たった一行の手紙で、こんな果てまで来てくれるなんて」

「こんな果てって失礼やな」

「マッチのお陰ですね」

「なんやそれ」

田村さんは不機嫌そうに言うと、沖ぎすを頭から口に入れた。田村さんはたいていの魚は頭からしっぽまで骨ごと食べる。喉《のど》に引っかからないのか心配だけど、いつも平気で飲み込んでしまう。

「でも、よかった。うん。手紙を書いてよかったです」

久秋が来たことは思いがけないことだった。会いたいとは思っていなかった。だけど、今日、久秋に会って、いろんなことがわかった。だから、手紙がちゃんと久秋に届いてよかったって思う。正しく伝わるかどうかは別にして、メールみたいにすり抜けなくてよかったって思う。

機械を通した言葉と鉛筆を通した言葉の違いだろうか。きっとそういうんじゃない。今回の手紙に書いた言葉は、独りよがりじゃなかった。簡潔だったけど、ちゃんと久秋が読むことを考えていた。最後の言葉でも捨てぜりふでもなく、久秋が受け取った後も生きていく私の言葉だった。だから、ちゃんと久秋の元に入って、とどまったんだ。

「あんた夜、退屈せぇへん?」

夕食後、新聞を眺めている私に田村さんが言った。

ここにはテレビもラジオも雑誌もない。だから、私は丁寧に新聞を読むようになった。町まで降りたとしても、この地域一帯は朝刊しか配られていない。初めはその事実に驚いたけど、急いで知らないといけない事件なんてそうそうない。朝刊だけで十分なのだ。地域の小学校で浜辺の清掃をしたことや、町の本屋が廃業になったこと。そんな小さなできごとまで、私はちゃんと知っていた。朝刊、夕刊、週刊誌にラジオにテレビ。それら全部が身近にあった時より、今の方がずっと私は世の中の動きに目を通すようになっていた。

「夜長いし、なんもすることないやろう?」

「いえ、別に大丈夫ですけど」

秋の夜は深く長い。だけど、身体《からだ》はそれに合わせて長く深く眠ってくれる。だから、退屈だとは思わない。

「あんた長居するつもりやったら、テレビでも買ったろか？」

「そんな、いいですよ。別にテレビなんて見たくないし」

私は首を横に振った。

「そうなん？　そやけどあんたも街におった時、映画見たりテレビ見たりしとったんやろ？」

「そうですねえ。たぶんそうでした。でも、最近ずっとテレビとか見てないから、見ないことに慣れてきちゃったし。逆に今、二時間ずっと座ってテレビ見ろとか言われても、集中力がもたなさそう」

「すごい順応性やなあ」

田村さんが本当に感心したように、しみじみと言った。

「そうですね。あ、でも、今でも音楽は聴きたいなあって思います」

「へえ。そんな趣味があったんか」

「別に趣味ってことではないけど、日常的に音楽は聴いてたから。ミスチルとか好きだったし」

「ミスチル？」

「四人組のバンドで、ミスター・チルドレンが正式名称なんですけど」

「四人組か。それやったら、CDがあるかもしれんわ。聴くか？」

「ほんとですか？」

「そこの棚の下の方にCDが入ってるんちゃうかなあ。デッキ貸したるで、勝手に部屋持っていって、聴けばええわ」

田村さんは広間の端におかれた大きな棚を指さした。本や酒やわけのわからない人形が無秩序に並べられている棚だ。

「ありがとうございます」

私は早速、棚の下の開き戸を開けて、中を探してみた。

ゆっくり音楽でも聴くと、きっと気持ちがいいだろうなあ。ここに来る前、私は毎日のように音楽を聴いていた。見ず知らずのミスチルの言うことに、勝手に胸を熱くして、何とかがんばろうと自分を励ましていた。ここに来てからは木の音と風の音と鳥の声ぐらいしか聞いてない。久々に音楽を聴けると思うと、嬉《うれ》しくなった。

開き戸の中には文庫本や灰皿や大工用具などが適当に突っ込まれていて、CDを探すのに苦労した。随分長い間取り出されていないのだろう。一番奥のほうに、辞書の下敷きになったCDをようやく見つけた。

CDは五枚あったが、どれも古く、ケースにひびが入っていた。ミスチルのCDは無事なんだろうか。私はCDを一枚ずつ手にとって見てみた。

一枚は吉幾三《よしいくぞう》だった。なんだ演歌かと、もう一枚を見てみると、「吉幾三全曲集」、そして、「吉幾三ベストセレクション」。嫌な予感通り、四枚目のCDも吉幾三の特選集だった。吉幾三はどれだけベスト盤を出すつもりなのだろう。そして、最後の一枚を「幾三じゃありませんように」と祈りながら、ゆっくり手に取ってみた。

ジャケットには幾三ではなく、四人の男性の顔写真が載っていた。うっすらと微笑《ほほえ》む濃い顔の四人組。ミスチルではない。これは、ビートルズだ。いったいどれがミスチルなんだろうか……。棚の中をもう一度探してみたが、CDはこの五枚しか出てこなかった。

「あの、どれですか？」

私が言うと、田村さんが寄ってきた。

「何かその辺に、四人組のCDがあったはずなんやけどなあ」

「四人組って、まさかこれですか？」

私はビートルズのCDを田村さんに見せた。

「おお。それそれ」

「これって、ミスチルじゃないですよ」

「そうか」

「そうかって、ほら、よく見てください。これって、外国人でしょう？ しかも、この人達ってすごく前の人で、ビートルズっていうんです。っていうか、かなり有名なんですけど」

「別にええやん。結局、あれやろ？ ミスチルでもビートルズでも、なんや世界平和が大事で、人は人を傷つけるけど、愛することは素晴らしい。ってな感じのことを歌っとるんやろ」

「そればかりではないと思いますけど……」

田村さんの大雑把さは、私の想像の域を超えている。ミスチルの音楽を聴けると思っていた私はがっくり肩を落とした。

「それ以外のことやったら、いちいち歌わんでもええやん。どちみち世の中ラブアンドピースやったらええんやろ。ラブアンドピース以外のことが聴きたかったら、吉幾三を聴けばええ。それ以外のことは幾三がみんな歌ってくれとるから」

「随分乱暴ですね」

「そうか」

「そうです。ミスチルやビートルズが聞いたら、きっと卒倒しますよ。きっと、吉幾三だってびっくりするはずです」

「そりゃえらいことや」

面倒になったらしく、田村さんはいい加減に答えると、私が出した灰皿や本を棚に片付け始めた。

私はやむを得ず、吉幾三よりはミスチルに近い気がしたから、ビートルズを聴くことにした。

ビートルズのアルバムの中には、聴いたことのある曲もいくつかあった。英語の歌詞は何を言ってるのかよくわからなかったが、田村さんの言うとおり、ラブって言葉は何度も出てきた。

5

朝四時、田村さんに起こされた。

「何でしたっけ？」

顔だけ洗って降りていくと、ナイロンのパーカーをしっかり着込んだ田村さんが玄関で待っていた。

「あんた釣りに行くって言っとったやろう」

「はあ……」

「早く、支度しないな。しっかり着込まな、朝は寒いで」

そう言えば、昨日、田村さんは明日の朝、海に出るという話をしていた。確かに、それを聞いた私は、「いいですね。私も釣りって一度してみたいです」とは言った。

「なんや、その浮かない顔は」

「いや、別に……」

「別にって、あんたが行きたいって言うから、起こしたんやで」

「そうですね」

それはそうなのだけど、「行ってみたい」というのは、ただの相づちのようなものだ。私は釣りには興味はないし、第一泳げないから海は怖い。舟に乗るなんてとんでもない。

「ほら、行くで。時間あらへん」

「あの、でも……」

「でも、なんや」

「でも、なんていうか、その……」

私が何とか断ろうとすると、田村さんがにやりと笑った。

「どうせ、あんた釣りなんてしたくもないし、海なんて行きたくないんやろ」

「いえ、別にそういうわけじゃないんですけど」

「行きたくないなら、そう言えばよかったのに。あんたに断られたって、ちっとも傷つかへんし、気も悪くせえへんのに。俺、あんたが海を嫌いでも、釣りに興味がなくてもなんもなんちゃない。そんなん適当に合わせる必要はないのになあ」

田村さんが優しげに言うので、私は正直に応《こた》えた。

「そうですね。海も釣りも素敵だとは思うんですけど、実は私泳げないんです。だから舟で海に出るなんてとてもじゃないけど……。だったら、あの、今日は遠慮します」

「もう無理や」

「へ？」

「遅いわ。今となっては断るチャンスはないで。あんた行くと思って俺、準備してもうたもん。後になってはどうにもならんのさ。さあ、もう諦《あきら》め」

田村さんはそう言って、ナイロンのパーカーを私に渡すと、強引に長靴を履かせた。長靴もパーカーも私には大きくて、ぶかぶかだ。

「本当に行くんですか？」

「当たり前や。さあ出発」

田村さんに背中を押され、玄関から出ると、朝の張りつめた空気に一気に身体の先までが冷えた。手足が凍《こご》えそうに寒い。四時を過ぎたばかりの空は、まだ真っ暗だ。

軽トラで十分、山を下り海に出ると、小さな船着き場がある。五隻《せき》ほどの舟が止まっていて、そのうちの一つが田村さんの持ち物のようだ。

軽トラから降りると、田村さんは舟に荷物を運び出した。釣りに行くのが楽しみらしく、何だかうきうきして見える。

私は船着き場の端に立ち、海を覗《のぞ》きこんでみた。底からわき上がるようにまっ黒の波が揺れている。見ているだけで、そのまま引きずられそうだ。私は思わず後ずさった。まだ暗い空間に波の音だけがしっかり響いている。耳だけじゃなく身体全体に響く重い音。やっぱり夜が明ける前の海は恐ろしかった。

「あの、ここで見てたらだめですか？」

最後まで私は断ることに挑戦した。

「俺かって、あんたを連れて行くより、一人で舟に乗る方がよっぽど気楽なんやで。そやけど、あんたが行きたいって言うから渋々なんや」

田村さんは舟のロープを外し、ビニールシートをはずした。舟はとても小さい。こんなので沖まで行くのかと思うと、寒さも手伝って、本当に震えた。

「じゃあ、私が行くの止《や》めたら一石二鳥じゃないですか」

「ごちゃごちゃ言っとらんと、もうええから行くで」

「そう言ったって……」

舟に乗り込む田村さんには付いていけず、私は二十三歳にしてぼろぼろ涙をこぼして泣いてしまった。本当に怖いのだ。こんなちっぽけな舟、一瞬にして波にのまれてしまう。そしたら泳げない私は、この暗くて深い海に沈んでしまう。

「もうそんな泣かんといて。頼むわ。俺、あんたが来るっていうから、昨日の夜いろいろ考えててんで。どの辺に舟を出そうかとか、いつぐらいに海に出ようかとかさ」

「でも……」

「こんなん、何も怖いことあらへんって。ほら、漁船かって出とるやろ？」

田村さんが差す方には何隻かの舟が浮かんでいる。だけどもっと大きくてしっかりした船だ。

「大丈夫やって。今だけ怖いだけで、絶対にあんた、海に出てよかったって思うて」

「本当ですか」

「ああ。ほんまや。舟に乗ったら、絶対後悔せえへんって」

こんなに言ってくれているのに、行かなくては田村さんに悪い。私は諦めて、歯をがちがち言わせながら小舟に乗り込んだ。足を入れたとたん舟はぐらりと揺れ、私は小さな悲鳴をあげた。

いつだって私は相手を優先してしまう。自分が後で後悔することを知っているのに、言われたとおりにしてしまう。私は舟に乗ってよかったなんて絶対に思わない。

「よし、出発」

舟のエンジンがかかると、海にモーターの音が響いた。夜が明ける前の海はとても静かで、音が遠くまでよく響く。

舟は小さいくせに、勢いよく進み始めた。障害物のない海を、すごいスピードで進んでいく。そして、想像以上に揺れた。波が来るたび大きく揺れ、その度に私は悲鳴をあげた。全然大丈夫なんかじゃない。うっかりしていると、落っこちそうだ。

「どうせあんた死にたかったんやろう？　落ちてもええやん」

田村さんは舟べりをしっかりつかんで座りこんでいる私を笑った。

「でも、おぼれて死ぬのは嫌なんです」

「最近の若い子は、ほんま勝手やな。瘦《や》せたいけどケーキは食べたいって言うんと一緒やで」

それとどこが一緒なのかはわからなかったが、私は反論する余裕もなく、ただ転《てん》覆《ぷく》しませんようにとひたすら祈っていた。

舟は岸からどんどん離れていく。岸が見えなくなると、私の不安は倍増した。ここで海に落ちたら、絶対に助からない。もうこれ以上沖に出なくていいのに……。田村さんは海に出てよかったって思うはずだと言っていたけど、私は既に思いっきり後悔している。

その内、モーターの振動で揺れるのと、波を越えるたび揺れるのとで、私は吐きそうになった。停止している舟が揺れるのとは違い、進む舟は上下に激しく揺れる。波を乗り越える度、妙な重力が体にかかる。今まで体験したことのない身体《からだ》の揺れに内臓もびっくりしていた。怖い上に、気持ちが悪い。きっと顔は真っ青のはずだ。

「吐いたらええ」

田村さんが気楽に言った。

「どこにですか？」

「どこにって、海しかないやん」

「え？」

「どうせ魚のえさになるわ」

「そんな……」

と言いながら、耐えきれず、私は海に向かって吐いた。

「初めはほとんどみんな酔うで」

田村さんはそう笑うと、ようやく舟を止めた。

舟が止まったことに少しほっとした私は、また海に向かって吐いた。人前で、吐くなんて恥ずかしいと思ったけど、それどころじゃなかった。朝から何も食べてないし、何も吐く物がないはずなのに吐き気はなかなかおさまらなかった。それでもひとしきり吐いたら、少し気分が楽になった。

田村さんは舟を固定させると、釣りの用意を始めた。でかい田村さんが動くたびに小さな舟は揺れる。田村さんはいつも通り、がさつに動く。せめて海の上では、もう少し慎重に動いてくれと、私は心の中でつぶやいた。

田村さんはなんだかんだと説明しながら、私の分の釣り竿《ざお》も用意してくれた。えさは小さなエビで、それを釣り針に付ける。そして、静かに釣り糸を海に放つ。私は酔ってぼんやりした頭のままで、とりあえず、釣り糸を海に入れた。手を離すと、しゅるしゅると糸が海に落ちていく。

「一度、底に着くまで下ろすねん。針が底に着いたら、微《かす》かに動かしながら待っとったらええ」

釣り針が底に着くと、釣り竿に付いているメーター計に四メートル八十の文字が出て、私はまたぞっとした。当たり前だけど、足はつかない。絶対に落ちないようにしなくては。

「ちょっと動かしてみ」

田村さんが釣り竿を振って見せた。私もまねをして、かすかに動かしてみる。

「な、簡単やろ？」

「はあ、そうですね」

釣り竿を持っているだけだから、釣り自体は何の問題もない。だけど舟は、波が来ればぐらりと揺れる。目の前に海があることが、私には困難だった。

「もうちょい、気楽にしないな。そんな固まっとったら、肩凝《こ》るで」

「それはそうですけど……」

「ほんまあんたって、怖がりやねんなあ。大丈夫やって。釣りしてて海に落ちるなんて、めったにあらへん。そんなん十人に一人ぐらいのもんやって」

「十人に一人⁉」

私の声が海に響いた。それはすごい確率だ。私ならその一人に十分なりうる。

「うそや。そないにおらんわ。もし、落ちたら、浮き輪投げたるで安心し」

田村さんは陽気に言った。この舟のどこに浮き輪があるのかは疑問だったが、仕方ない。私は少し釣りに集中することにした。

「何が釣れるんですか？」

「そうやなあ。今やったら鰺《あじ》やソイとかかなあ。もうちょい寒くなると、カレイがよう釣れるで」

「ソイ？　それって食べられるんですか」

鰺やカレイは食べたことがあるけど、ソイなんて聞いたことがない。私が尋ねると、「食べられへん魚なんてないわ」と田村さんはけたけた笑った。

私がただ釣り糸を垂らしてじっと待っている横で、田村さんは着々と魚を釣り上げた。黒っぽい小さな魚。どうやらそれがソイらしい。

「まだ釣れへんのか？　おかしいなあ。あんたのも一度引き上げてみ」

なかなか釣れない私の釣り竿を田村さんが引き上げた。

「ほら、えさだけ食われとるわ」

私の釣り針は魚はかかってなかったが、きれいにエビがなくなっていた。

「ほんとだ。いつの間に……」

「魚がかかったら、すぐに動かして針刺さなあかんねん。そやないと、うまいことえさだけ食って逃げよるで」

その後、私は何度もエビをつけ直しては、釣り糸を垂らした。だけど、一向に魚は釣れず、えさばかりを食べられてしまった。針を刺そうにも、ちっとも魚がかかったことがわからないのだ。

「ほんまどんくさいなあ。引いたって感じたらすぐひっぱらな」

「そんなこと言われても、何もわかんないんですって」

「指先に集中してみ。寒い時の動きの鈍っとる魚に逃げられるなんてよっぽどやで」

田村さんに嫌味を言われ、むっとしながら釣り糸を下げていると、小さな反動を手のひらに感じた。本当に小さな小さな反動。

「もしかして、かかったかも……」

「もしかして言うとらんと、すぐに動かすんや」

田村さんの指示通り、私はせっせとリールを巻いた。リールが重くて途中で手を離しそうになったけど、一生懸命巻き続けた。

「すごく重いんですけど」

「ほんまか？」

「ええ。何か、強く引っ張られてる感じがします」

「そやったら、かなりの大物かもしれんな」

田村さんも興味深げに、私の釣り糸の先を見守った。たった五メートルなのに、ずいぶんと力がいる。せっかくかかった魚だ。逃がすわけにはいかない。私は力いっぱい手を動かした。息を上げながら、ようやく引き上げた釣り糸の先には、黒っぽい小さな魚がかかっていた。

「ほんま、こりゃ大物や」

田村さんはそう笑いながら、魚を外してくれた。

「うそ……。あんなに重かったのに……」

私は魚の小ささに驚いた。十センチにも満たない魚を引き上げるのに、こんなに力がいるなんて。魚の生命力と魚を守る海の力はすごい。思いの外の魚の小ささにがっかりしたけど、それでも、自分が釣り上げた魚の姿を見ると、嬉《うれ》しかった。これから食べられる運命にある魚なのに、なんとなくかわいく愛《いと》おしく見えた。

「ほら」

田村さんが魚をいつまでも眺めている私の肩を叩《たた》いた。

「あっち見てみ」

陽が昇るのだ。遠くの方から、海がやわらかい色になっていく。空が薄紫色に広がり、水平線を作っていく。

「きれい……」

「やろ？」

「本当にきれい」

こうして見ていると、太陽は黄色でもオレンジでもなく、光そのものなんだということがわかる。深く広い海を照らすすごい威力の光の塊《かたまり》。じっと見ていると、すぐに目が眩《くら》む。

「直接太陽見るなんて、ほんまにあんたって、あほやなあ」

目をこする私を田村さんが笑った。田村さんはすぐに私のことを馬鹿《ばか》にする。そう文句を言おうとしたけど、止めにした。

田村さんのむさ苦しい頭にも顔にも太陽の光が射《さ》す。まぶしい光にも動じず、笑う田村さんの顔は健やかだと思う。さっきまで恐ろしいとしか思えなかった海なに、今はその海の上にいることが少し心地いい。頼りない小さな舟だけど、太陽と田村さんがすぐそばにあって、なんとなく心が満ちていくように感じる。海がきらきらと光をたたえ出す様子をうっとりしながら眺め、私はもう一度吐いた。

家に戻ると、田村さんはすぐに魚を刺身にして食おうと言ったが、私は本当にへとへとになっていて、また寝床に入った。運動をしたわけじゃないのに、身体中をこわばらせていたせいで、どっと疲れたのだ。壮大な日の出にも面食らった。ふらふらしながら寝床に入ると、一気に眠りに落ちてしまった。

その日の夜は、まったく寝つけなかった。釣りの後、昼過ぎまで眠っていたせいで、疲れがすっかり取れてしまい、布団《ふとん》に入っても眠くならなかった。いつも十時には完全に眠ってしまっているのに、十時を過ぎても、目も頭も冴《さ》えていた。以前ならこんなことはしょっちゅうだった。眠れないことが当然で、毎晩布団の中で、長い時間を過ごしていた。だけど、今は身体が規則正しさに馴染《なじ》んでしまい、夜眠れないことが気持ち悪い。

無理に眠ろうとすると余計に眠気は遠のいてしまう。私は布団から出ると、身体を温めるために温かい牛乳を飲むことにした。

足音をたてないように静かに下へ降りていくと、まだ明かりがついていて、田村さんが広間にいた。どかっと座って、農作業に使う鎌《かま》を研《と》いでいる。もう十一月も半ばだというのに、Tシャツ一枚と、スウェット。そして、いつも通り裸足《はだし》だ。もちろん、広間には暖房はかかっていない。

「どないしたん？」

田村さんが私に気づいて、顔を上げた。

「どないって、風邪《かぜ》ひきますよ」

私は田村さんの服装を指さした。田村さんはお風呂《ふろ》上がりのようで、頬が少し上気してつやつやの顔をしていた。今朝剃《そ》ったところだから、まだひげはうっすらとしか生えておらず、昼間見るよりずっと幼なく見えた。髪はまだ湿っている。来た時は短かかった髪がほんの少し伸びて、よけいにくしゃくしゃに見える。さっさと乾かさないから、変な寝癖が付くのだ。

「なんちゃないわ。あんたこそこんな時間になんや」

「なんだか眠れなくて、牛乳でも飲もうかなと思って」

「そうなん」

田村さんはそう言うと、また鎌を研ぎだした。

私は台所で牛乳をカップに注ぐと、レンジに入れた。牛乳は少し前に町へ降りた時に買った物で、賞味期限が過ぎていたが、温めるから大丈夫だろう。ここへ来て、ちょっとやそっと変な物を食べたぐらいでは、身体が動じないことを知った。名前も知らない雑草のような葉や虫くいだらけの果物も、コンビニ弁当よりずっとおいしい。

もう夜はしっかりと寒い。温かい牛乳は一口飲んだだけで、みるみる身体に浸透していった。

夕飯を食べて、お風呂に入ったら、私はいつも部屋で過ごす。朝早いせいで、部屋に戻って布団に入ると、ちゃんと眠気が襲ってきた。だから、九時以降の田村さんに会うことはめったになかった。物音がすることもなかったし、田村さんは朝早くから働いているから、てっきり早々に寝ているのだと思い込んでいた。

「何だか、やまんばみたいですね」

牛乳を飲み終えると、私は田村さんの背中に向かって言った。

「何がや」

「夜中に古い山奥の民家で刃物研いでいる姿って、ちょっと怖いですよ」

「ほんまか。そりゃえらいことや」

田村さんは鎌の刃を電灯に照らして確かめた。よく研げているらしく、満足そうな顔をしている。

鎌を持つ大きな手。農作業はかがむことが多いせいか、猫背の大きな背中。よれた薄い灰色のTシャツ。いつもちっとも決まっていないぼさぼさの髪。朝だろうと夜だろうと、いつだって田村さんは一緒だ。いつも変わらずむさ苦しい。そんな田村さんの大きくて、大雑把な姿を見てると、本当にこの人は男の人なんだなと思う。何も細工の施《ほどこ》されていないそのまんまの男の人なのだと思う。

「なんや、あんたも鎌を研いでみたいんか？」

私の視線を感じたのか、田村さんが訊《き》いた。

「いえ、そうじゃなくて……。よく考えてみたら、何だかやばいなあって思って」

「やばい？　何がやばいんや？」

田村さんは広げていた新聞や砥石《といし》を片づけはじめた。

「何がって私達が」

「何や。俺らって、何かまずいことやってるんか？」

「まずいっていうか、ほら、一つ屋根の下に男女が二人きりだし」

そうだ。今までちっともそんなこと気づかなかったが、私達はこんな辺鄙《へんぴ》な誰もいない場所で、二人っきりで毎日を過ごしている。そして、田村さんはとても健康な男の人なのだ。

「一つ屋根の下って、ここ民宿やで」

「それはそうですけど」

「そんなこと言うとったら、ホテルなんて泊まられへんやん。男女何十人も入り乱れてるんやで。それこそあかん。乱交騒ぎや」

「たくさんだとそれはそれでいいんだけど、二人ってやばいでしょう」

「そうなんかなあ。なんかようわからんけど。で、どうしたらええん?」

「どうしたらっていうか、もちろん、大丈夫だと思うんですけど、一応、あの、私が言いたいのは、襲わないでください、みたいなことで。別にうぬぼれてるわけじゃなくて、ほら、男の人って愛がなくても、女だったらなんでもいいってとこあるでしょう?」

田村さんは「あんたってすげえ幸せやなあ。羨《うらや》ましいわ」と三分ぐらいけらけら笑った後で、「そんなやらしいことばっか考えてんと、外を見てみ」と言った。

「外?」

「あんた、朝しか歩けへんやろ? 夜かて歩いたらええねん」

「危なくないですか?」

「たまに熊《くま》は出るけど、死んだ振りせんと本気出したら熊ぐらいには勝てるやろう。

まあ、おいで」

田村さんはTシャツのまま、玄関に向かった。私は慌《あわ》ててカーディガンを羽織ると、田村さんを追いかけて、外へ出た。

外は真っ暗だ。十一月の夜は何も見えない。民宿たむらからもれる光以外は何もない。

「ほら」

田村さんが空を仰《あお》いで、私も同じように顔を上げた。

「ほんとだ……」

「な、すごいやろ」

「本当にすごい。気持ち悪いほど、星がうじゃうじゃしてる」

真っ暗な夜空には、星が数え切れないほど、浮かんでいた。星はそれぞれ頼りなく微《かす》かにきらめいている。空に近いこの集落では、星がすぐそこにあるように見える。

「今日は月もないで、その分よう星が見えるねん」

「すごい数。本当にすごい」

「もうすぐ冬やでなあ」

「自分のすぐ上に、こんなにたくさん星があったなんて……」

今までだって、きれいな夜空は何度も見たことがある。だけど、こんなに無数の星を見たのは初めてだ。私は何回も感心した。

「すごいやろ。ここには星も木も魚も、なんだって嫌ってほどある。数え切れないほど、すごいもんがある」

「本当にそうですね」

「それやのに、どうしてそれだけではやっていけへんのやろうなあ」

田村さんがつぶやくように言った。

「やっていけないって？　田村さんが？」

「まあな」

田村さんは空を仰ぐのを止《や》めて、玄関の前に座り込んだ。私も隣に腰を下ろした。枯れ葉がクッションになってやわらかい。

「まあなって、田村さんすごくうまく暮らしてるのに……」

田村さんはここでの暮らしにどっぷりはまっていた。動物とも海とも山ともしっくりいって見えた。

「俺、こう見えても、三年前までデパートで働いててん」

「確かにこう見えてもですね」

私は正直に言った。田村さんのどこにもそんな面影は残っていない。

「失礼やなあ。そん時は、俺かって、ちゃんとした格好しとったんやで」

「それで？」

「会社に入って何年かはあちこちの売り場にいかされて、販売ばかりさせられとって、そんなおもしろくもなかってん。あんたも言っとったけど、物を売るんはなかなか大変やしな。でも、がんばって働いとったら、三年目に企画部に異動になってなあ。ようデパートで、何とか展とか、何とか祭りみたいなんあるやろ？　そういうのを企画したり、会場を設置したりする仕事でな。これが、えらい面白くて、すぐにはまってもうてな。その頃の俺って、仕事が楽しいと人生全《すべ》てよしって感じやったから、毎日充実しとった。ところが、その矢先に親が死んでもうて、帰らなあかんことになって」

「そうだったんですか」

「まだまだやりたいこともあったのになあ」

「そんなに仕事が気に入ってたなら、ここに戻ってくる必要はなかったんじゃないですか？」

民宿はちっとも繁盛《はんじょう》していない。デパートでの仕事を辞めてまで、ここを継ぐ必要はないように思える。農業がやりたいならまだしも、街での暮らしを捨てて、一人でこんな山奥にこもることはないはずだ。

「そやけど、俺、長男やからなあ」

「そんな古い」

「なあ。俺もそう思うで。俺、妹と弟おるけど、みんな市内に出て、自由に暮らしてる。そういうの見とったら別にええかなとも思う。でも、この家、放ったらかしにはでけへんしな。じいちゃんやその前のじいちゃんからずっと守ってきた土地やから。畑とか鶏とか舟とか全部大事やし。やっぱり俺が守らなあかんねんなあ」

私の両親も十年程前、苦労してマイホームを手に入れた。でも、その家や土地を守らないといけないという思いは、きっとお姉ちゃんにも私にもまったくない。だから、田村さんの気持ちはよくわからない。だけど、自分の意志を超えて守らないといけないものがあるというのは、大変なことだと思う。

「街に戻りたいですか？」

「そやなあ、たまに、会社でみんなとする仕事とか、仕事終わった後の飲み会とか、休みの日に草野球しとったこととか、そういう小さなことは懐《なつ》かしいって思うこともあるなあ。やっぱりここは孤独や。こんなすげー自然の中にいるのになあ……。ま、そんなことは、半年に一度も考えへんけどな」

田村さんは照れくさそうに笑った。私はどう答えていいのかわからず、ただ頷《うなず》いた。

私はここで暮らす田村さんを少し羨ましいと思いはじめていた。何にもとらわれず、生きるためだけに毎日を送る生活に馴染《なじ》みはじめていた。だけど、それは幸せなことではないのだろうか。

なんだかしんみりした空。息は白い。星は手を伸ばせばつかめそうだ。

6

木屋谷の秋も終盤を迎えようとしていた。少しずつ色を変えていた葉は、ある朝はっと気づけば、真っ赤や濃い黄色となっていた。朝の散歩の時には息が完全に白くなる。

私はここでの暮らしに完全に馴染み、とても上手に暮らせるようになっていた。風呂掃除や料理をする田村さんをのんきに眺められるようにさえなってきた。怠慢に過ごしている。

これからのことは、相変わらずわからない。どうするのか、未《いま》だ見当が付かない。時間が経《た》てばわかるものだと思っていたけど、一週間が経っても、二週間が経っても、わかりそうもなかった。ただ、ここにいては、答えなど出るわけがない。ここにいるのは気持ちがいいけど、ここでは永遠に先を見つけられない。それを感じはじめてはいた。

昼過ぎに、いつもの道順通り散歩をしていると、パン屋さんの前に車が止まっているのが見えた。大きい赤のワゴン車。誰かいるのだ。私は飛んでいって、勢いよく家の扉を開けた。

ドアを開けると、すぐそこが大きな台所のようになっていて、一人のおばさんが立っていた。突然やってきた私に驚いた顔を向けている。

「すいません突然……。えっと、ここって、パン屋さんですよね？」

「ああ、そうなのよ」

私が客だとわかると、おばさんは安心したようににこりと笑った。

「今日は開店するんですか？」

「開店っていうか、いつも注文を聞いてから作るのよ。看板はそれらしいけど、単に道楽でしてるだけで、店っていうほどのものではないの」

きれいな発音。地元の人ではない。五十歳を過ぎたぐらいだろうか、深い緑のタートルネックのセーターを着たおばさんは、とてもきれいだった。

「道楽？」

「そう、商売と言うよりも趣味よ。暇ができたら、畑耕して、採れた食物でちょっと調理して。それが、うまくできたら、売ったりして……。好き勝手にしてるだけなのよ」

「そうなんですか」

おばさんの言うとおり、中はパン屋というより、ただの大きいダイニングキッチンのようだった。オーブンや冷蔵庫は業務用の大きいものがあるけれど、陳列台やレジのようなものはなかった。

「いつもここの前通ってて、いつ開くのかなあって見てたんです」

「そうだったの？　それは悪いことしたわねえ。最近は、なかなかこっちに来る暇もなくて。昔は週末には必ず来てたんだけど、今は月に一回ぐらいがいいところかしら。本当はもっと来たいんだけど、主人の仕事の都合もあるしね」

「お住まいはどちらなんですか？」

「静岡なの」

「そんなところから？」

「ええ。そんなところから。確かにここまで来るのには時間がかかるけど、ここって、時間が忘れたようにゆっくり進むでしょう。だから、ここで過ごすと得した気分になるのよね」

　おばさんはそう言って、上品に笑った。

「なんだかすてきな暮らしですね」

「そうね。もう子どもも手が離れたから、自分の好きなようにやっと暮らせるようになったかしら……。あなたはどちらから？」

「私ですか？」

「ええ。どちらからいらっしゃったの？」

　言葉ですぐに地元の人間かどうかがわかる。便利なようで不便だ。

「えっと、私は南のほうから来たんですけど……」

「そう。ご旅行？」

「ええ、まあ」

「いいところでしょう。私も、一度主人と旅行で訪れて、一瞬にしてこの地に惚《ほ》れてしまったのよ。それで、挙句にこの家まで建ててしまったのよね。週末を過ごすのには最高の場所よ。そうだ。パンは時間がかかるから、今すぐはないんだけど、薫製《くんせい》のハムとか、ベーコンはあるわよ。いかが？」

おばさんは大きな冷蔵庫から肉の塊を出してきた。

「ほら、下に大きな牧場があるでしょう？　そこで豚肉を分けてもらってね、薫製にするのよ。もう、桜でも楓《かえで》でもなんでもいいから、いろんな葉や枝を入れて燻《いぶ》すの。空気と水が最高にいいから、この辺りの葉の匂《にお》いって、それは最高なのよ」

そう説明をしながら、おばさんはハムの紐《ひも》を解き、薄く切った。ハムはとてもきれいな色をしている。着色料の人工的なピンクとも違うし、スーパーで売られている死んだような無着色のハムとも違う。煙《けぶ》ったような桜色だ。

「おいしそう……」

「着色料を使わなくたって、ハムはもともとこんなきれいな色なのよ。ほら」

おばさんに勧められてハムを口にすると、味より先に、香りが口中に広がった。葉の香り、木の香り、風の薫り、陽の懐かしい香り。いろんな香りが薄い一枚にしみこんでいる。

「すごくおいしい」

「でしょう」

おばさんは自分もハムを口にして、「最高」と笑った。

結局ハムを二百グラム購入し、ほこほこして帰ろうとすると、畑でいつものおばあさんに呼びとめられた。

「あんた、ちょう待っとり」

「私ですか？」

「そや。あんたや。そこにおり」

私の返事を待たないまま、おばあさんは自分の家へと戻っていくと、大きなビニール袋を持って出てきた。

「みかんや」

おばあさんは私の手に強引に袋を押し付けた。袋はずっしり重く、破れそうだ。中にはぎっしりとみかんが詰まっていた。

「小ぶりやけど、あもうなっておいしいわ」

「これって、いただけるんですか？」

おばあさんは大きく首を縦に振った。

「こんないっぱい？」

「みんなで食べたらええ」

「知らんけど、あんたかって家族とかおるやろ？」

おばあさんは面倒そうに言った。ただ挨拶《あいさつ》を交わす程度の私に、どこの誰とも知らないまま、こんないっぱいのみかんをくれたのか。私はとてもありがたい気持ちになった。

「ありがとうございます」

深々と頭を下げると、おばあさんは「売るほどあるからええんや」と言いながら、また畑へ戻っていった。

ハムとみかんを持って帰ると、田村さんは「あんたってよっぽど物欲しそうに見えるんやなあ」と笑った。

「ハムはちゃんとお金を払って、買ったんです。でも、みかん、こんないっぱいよかったのかなあ」

「気にすることあらへん。この辺の人は野菜や果物はよう人にあげなるで。自分の所で取れるし、あまっとるんや」

「そっか。でも、おばあさんに何かお礼がしたいな」

「ええ心がけや。ほんならちょっときて」

田村さんは私を鶏小屋《とり》の前まで連れていった。

「何なんですか？」

「最近体験ってはやってるんやって。農業体験とか漁業体験とかそういうの。今日、漁協のおっさんが言っとったけど、こないだの休みに定置網漁の体験を催したら、四十人も参加したんやって。この田舎でやで。すごいやろ。あんたもせっかくこんな山奥に来とるんやで、体験さしたるわ」

「何のですか？」

「鶏小屋の掃除」

「掃除？」

「なんでも体験はおもろいんやろ？　都会の人間にしてみりゃ、鶏小屋の掃除かって新鮮なはずや」

それはそうかもしれないけど、鶏小屋の掃除はきつい。田村さんの家では、鶏を平飼いにしていて、大きな金網の中には百羽近くの鶏が気ままにうごめいている。動物好きではない私には、密集している鶏の姿はどうも気持ち悪かった。

「でも、鶏って私、いまいち苦手なんですけど」

「あんたって、苦手なもん多いなあ。今朝、卵食っとったやん」

「卵やフライドチキンは好きなんですけど、鶏の頭とか首についてる赤いビロビロが、ちょっと気持ち悪くて」

「なんやそれ。それって、外見で人を判断するのと一緒や。薄情な女やなあ」

「そういうわけじゃないんですけど、鶏に限らず、ちょっと動物は苦手なんですよね」

「よう見たら鶏かてかわいいって。まあ、おいで」

田村さんは私に竹箒《たけぼうき》を渡すと、鶏が入っている方の金網の入り口を開けた。鶏小屋は二つ並んでいて、鶏は右側にしか入っていない。

「まず、鶏をあっちの小屋に移動させるねん。で、空になったら、ここを掃除するんや」

「なるほど。それで、鶏小屋、いつも片方が空っぽだったんですね」

「そうや。鶏ってこう見えて、実は繊細やで、すぐ病気になりよる。そやから、鶏小屋の掃除はきちんとせなあかんねん」

田村さんはそう言うと、まったく躊躇《ちゅうちょ》せず鶏小屋の中へ入っていった。

田村さんの登場に、鶏は羽をばたばたさせ、低い鳴き声を上げて動きはじめた。私の苦手な鶏冠《とさか》が揺れて、不気味だ。激しく動くせいで、羽毛がふわふわと舞っている。

「ほら、あんたも早く入っておいで」

田村さんに促されて、私は息を止めて渋々鶏小屋へ入った。命の危険はないから、舟に乗るよりはずっといい。だけど、私が足を進めるたびに鶏が動いて、羽毛が舞い上がるのには、ぞっとした。

「何してるん？」

息が続かなくなって私がむせ返るのに、田村さんが訊《き》いた。

「だって……」

「鶏は臭くないんやで。哺乳《ほにゅう》類とは違うで、ほら」

田村さんはそう言って、深呼吸をして見せた。

「ほんとですか？」

私は恐る恐る鶏小屋の空気を吸い込んでみた。意外なことに、百羽近く鶏がいるというのに、小屋の中は臭くはなかった。小学校の時、ウサギがいた飼育小屋の蒸れるような鼻をつく匂いはない。糞《ふん》や草の枯れた匂いはするけれど、滞った匂いはしない。生き物そのものの匂いがした。

「あんた身体がこわばってるで。ほんま気のあかん子やなあ。鶏かって、あんた見て怖がってるわ。ほら、もっとフレンドリーにならな」

田村さんはわざと鶏を私の方へ押しやった。足首にビロビロの鶏冠が触れて、私は思わず悲鳴を上げた。

「まず、鶏をあっちの小屋へ移すで」

田村さんは二つの小屋を仕切っていた金網の扉を開けて、箒で鶏を追い立てた。鶏は逃げるように隣へと移っていく。ばたばた羽をならしながらも、素直に移動していく鶏の姿は少し笑えた。

「な、かわいいやろう。この品種はブロイラーより、人懐《なつ》っこいねん。朝かって、あんまりけたたましく鳴かへんやろ」

「そういえば、そうですね」

初めは気持ち悪かったが、鶏の体はこんがり香《こう》ばしい茶色で、目がくりくりしていて、なんとなく愛嬌《あいきょう》があった。かわいいとは思えなかったが、その内慣れてきて、私も一緒になって鶏を追い立てた。

「よし、で、空になったこっちを掃除するんや」

鶏を全《すべ》て移し終えると、箒と熊手で糞や羽が混ざった枯れ草を取り出す。湿気た枯れ草はずっしりと重く、意外に力のいる作業だった。隣の小屋では鶏が不思議そうにこっちを窺《うかが》っている。

「今、きれいにしてやってるからな」

田村さんは手際《てぎわ》よく、枯れ草を片づけながら鶏に話す。私はそんな田村さんがおかしくて吹きだしてしまった。

「なんや」

「いえ、楽しそうだなあって思って」

「部屋の掃除よりはええやろ」

「そうですね」

こんな風に、汚したものを全部取っ払って、きれいにしてしまえるのは気持ちいい。

小屋がきれいになると、新しい枯れ草を敷いてやった。鶏小屋に敷き詰められた枯れ草に秋の濃い夕日が当たる。草を通すと太陽の匂いがよくわかる。香ばしくて柔らかい匂いに私は思わずため息が漏れた。

「いいなあ……。鶏って、こんな気持ちいいところで寝てたんですね」

私の言葉に田村さんが笑った。

「何がおかしいんですか？」

「いや、あんたってかわいいなぁ思うて」

「かわいい？」

「背もちっちゃいし、何や顔かてつるんとして小学生みたいやし、ほんで発想も子どもやし」

「失礼な」

「でも、あんたの言う通り、鶏ってえらい恵まれてんな。あんたも、今日一晩くらいやったら、鶏と一緒に寝てもええで」

枯れ草はとても清潔そうに見えて、それもできそうな気がした。

「いいかもしれないですね。でも、鶏と一緒なのはやっぱり嫌だけど」

「ほんま勝手な人やな。まあ、こういうのもおもろいやろ？」

「海に出るよりはいいですね」

まっさらになった鶏小屋を見ると、すっきりした心地がした。それに身体を使って労働をしたという感触は、ほどよい疲労感を私に与えてくれた。


その日、田村さんが鶏を絞《し》めた。

私は鶏を絞めるのを横で見ていたが、やっぱり吐いてしまった。羽をむしられて、解体されていく鶏の姿はあまりにも無惨で、気持ち悪かった。

「失礼やなあ。魚さばいてる時は平気やったくせに」

「すいません」

「まあ、俺も、最初の頃は気持ち悪かったなあ。初めはへたくそで見よう見まねで絞めるから時間がかかるんよ。余計残酷」

「そういう話、淡々としないでください」

「はは。でも、こうやって死んだ鶏と比べたら、生きとった鶏の鶏冠ぐらい、なんちゃないやろ？」

「確かに」

命を亡《な》くしてだらりとなった鶏の姿を見ていると、あの赤いビロビロの鶏冠にも命が流れてたんだなあと思う。

田村さんが絞めた鶏肉は、さばいて切り分け塩を軽く振って焼き、柚子《ゆず》を絞って食べた。

「あれ、硬いんですね」

私は鶏肉を口に入れて驚いた。すごく弾力があるのだ。すぐには嚙《か》み切れず、何度も口の中で咀嚼《そしゃく》しなくてはいけなかった。今まで食べていた鶏肉とはまるっきり違う。

「そやねん。肉って柔らかい方がええように言うけど、ほんまはこんな風にちゃんと歯ごたえがあるんやで。これ食べたら、そこら中でフライにされてる鶏なんてぶよぶよで水っぽくて食べられへんやろ」

「ほんとですね……。すごくおいしい」

塩と柚子の味がほんのりとして、鶏肉の味を引き立たせていた。鶏肉でも魚でも新鮮なものはほんのり甘い。塩や柚子のおかげでその甘さが、ちゃんとわかる。私はそんなに肉が好きなわけじゃなかったが、この鶏肉はいくらでも食べられた。一口一口しっかり噛んで食べる。鶏肉の味がゆっくり身体《からだ》中に伝わった。

鶏小屋をきれいにしてやり、その次には鶏を絞める。シンプルに生きていくのは忙しい。

自分の手で育てたものを自分の手で殺して自分で食べる。手にも目にも、身体のすべてに鶏の命がしみこむ。それは、とてもありがたいことだと思った。

夜、みかんをくれたおばあさんに鶏肉をお裾《すそ》分けにいった。ところが、「そんなん、もうご飯終わったし、いらんわ」とあっさりと追い返されてしまった。そう言わずにと勧めてはみたが、おばあさんは「いらんものはいらん」と頑固だった。あまりにもむげに断られ、私はショックを受けてしまった。

「みかんがようさんあるからあんたにあげただけで、深い意味もないねん。まあ、気にせんとき」

しょんぼりして帰ると、田村さんが慰《なぐさ》めてくれた。

夜はいつもより深い眠りが待っていた。運動量が、その日の夕飯と眠りの量を決める。簡単で明快な生活だ。身体に従って行動すればいい。考える隙間《すきま》がないし、何かに心を費やすこともない。生活すること以外にすることはない。悩まなくて済むのだから、いいことかもしれない。これが、本来の生活なのかもしれない。だけど、私はなんとなくそんな日々に違和感を持ちはじめていた。完全に身体に仕切られてしまう日々に戸惑っていた。このままこんな生活に埋まりきってしまうのは、なんだか怖い気もした。

それに、自然が冬にむけて深まれば深まるほど、私は自分がこの場所から浮いているように感じた。いつまでこの地は私を受けいれてくれるのだろうか。

7

翌朝、田村さんの軽トラで教会に向かった。田村さんは月に一度、日曜日に教会に通っているらしい。

「田村さんって、実はクリスチャンだったんですね」

「なんでや」

「なんでやって、教会」

「別に、クリスチャンとはちゃうで」

「だったらどうして？」

軽トラの窓からは、まだ七時過ぎの新しい光が入ってくる。葉がほとんどなくなりかけている木々の合間を抜けて射《さ》す秋の光はとてもやわらかい。冬を間近に迎えた木屋谷は、秋の終りと冬の始まりを繰り返していた。今日はきれいに晴れているから、まだ秋が十分に感じられる。

「なんでやろうなあ。ここへ来て、よう命を頂くことになったやろ。鳥絞めたり、魚さばいたり。時々、下の牧場に行って、牛をと畜場へ運ぶの手伝ったりもするしな。野菜も一緒やけど」

「それで教会？」

「そう。別に教会だけやない。神社も奉《たてまつ》ってるで。俺らの集落では、みんな当番制で、神社を番しとるしな。不思議やけど、命を手にすると、神の存在を感じてしまうねんな。それに、農業も漁業も天候で左右されるで、神頼みしなあかんことも多いしな」

「バイリンガルなんですね」

「なんやそれ」

「仏教徒であり、クリスチャンでしょ」

「なるほどな」

田村さんの顔に、木々の影がきれいに映った。田村さんは今日は髭《ひげ》も剃《そ》り、髪も一応整えている。靴下まで履いていて、なんだか違う人みたいで、横にいるのがこそばゆい。

山を下って大きな道に出ると、一気に視界が開け、いつもどおり海が見えた。朝の海は穏やかで美しい。

「あんた怖がるくせに、海好きなんやなあ」

「ね。入るのはびびるけど、見るのはいいんですよね。すごく」

ここまで来ると、私はなんとなくほっとする。舗装された大きな道路に出ると、なぜか安心するのだ。どこにも繋《つな》がっていない木屋谷とは違って、ちゃんと他の場所へ続いているような気がするからかもしれない。

「今ごろは秋イカがおいしいやろうなあ」

田村さんが海を見ながら目を細めた。

「海を見て、すぐ食べ物と結びつくのが、すごいですね」

「バイリンガルやからな」

「何と何のですか？」

「農業と漁業のや」

「なるほど」

「あ、海」

教会は町へ出るまでの集落にあった。それは結婚式が行われるようなきれいな建物ではなく、ただの小さな古い建物で、私のイメージとは全然違っていた。

それでも、七時三十分を前に、あちこちから続々と人が集まってきた。みんな誰かれ構わず、心地よくおはようの挨拶《あいさつ》をする。集う人の年齢層はばらばらだったが、昔馴染《なじ》みの友達ばかりのように見えた。小さな教会は三十人くらいの人が入り、すぐにいっぱいになった。

私は後ろの方の席に田村さんと並んで座った。教会に入るのは初めてで、少し緊張したけど、穏やかな空気にすぐに気持ちが解けた。

教会にはステンドグラスのようなしゃれたものはなかったが、窓が大きくきれいな日射しがたくさん入っていた。牧師さんは人の良さそうな普通のおじいさんで、時々子どもの泣き声で話が中断されるのをにこやかに待ちながら、ゆったりと話を続けた。

牧師さんの話の内容はいまいちわからなかった。途中で知らない言葉が出てきたし、外国人の名前ばかり出てくるから、ついていけなかった。だけど、牧師さんの静かに微笑《ほほえ》みながら話す顔を見ていると、とても良い話を聞いているんだと思えた。

牧師さんの口ぶりから、愛や平和を語ろうとしているのはわかった。私の周りでは、たくさんの人がいろんな方法でラブアンドピースを伝えようとしているんだなあと少しありがたく思った。

何より驚いたのは、その後の讃美歌の合唱だった。

「今日は、『青年』を歌いましょう。四百五十三番です」

牧師さんに言われ、みんなはぞろぞろと立ち上がると、椅子《いす》に備え付けてある楽譜を開いた。自分の讃美歌集を持ってきている人もいる。当然、練習も打ち合わせも何もなく、オルガンの前奏が響き、曲が始まった。

しかし、私はみんなが歌う讃美歌に思わず、周りを見回してしまった。こんなにすばらしい合唱を聴いたことがなかった。

歌は四部の合唱になっていた。讃美歌の響きはメロディ自体が美しい。だけど、四つの響きが合わさった合唱は、とてつもなく美しかった。お年寄りも若い人も、男の人も女の人も、みんな精一杯声を出し、歌っていた。様々な種類の声が重なりあう。たった三十人あまりの合唱ではあったけど、教会の中は、みんなの声が健やかに響いていた。

「あれって、いつパートわけしたんですか？」

帰りの軽トラで、田村さんに訊《き》いた。

「パートわけ？」

「讃美歌。みんなパートに分かれて歌ってたでしょう」

「さあ。別にパートには分けてはないやろうけど、あれだけ年齢の違う人が集まれば、勝手に四部くらいの音程には分かれるんちゃうの」

「そうなのかなあ。でも、ものすごくきれいだった」

「あの歌はよう歌うし、中には歌のうまい人もいるしな」

「ふうん。すごいですね……。また行きたいなあ」

今度は聞き惚《ほ》れていないで、自分も声を出してみたい。

「行ったらええやん。あんたが帰る場所にも、教会ぐらいあるやろ」

「そうですね」

帰る場所。そうか、今度私が行くのはあの教会ではないのだ。それは、なぜかとても確かなことのように感じられた。

8

「飲み会があるんやけど、あんたも一緒に来るか？」

夕方、田村さんが言った。

「飲み会？」

「そう。だいたい月に一回くらい、この辺の地域の奴らで集まって飲むねん。今日は一応勤労感謝の日やしな」

「勤労感謝の日……？」

「そうや。今日、二十三日やろ？」

「そういえば、そうですね」

ここへ来て、私は日付や曜日というものにすっかり疎《うと》くなっていた。木屋谷での暮らしには日付も曜日もほとんど関係ない。農業は日曜も祝日もないし、カレンダーの日付よりも、季節の移り変わりで生活が決まっていく。葉が色づいて散っていったり、吹く風が冷たくなったり空気が乾燥したり、そういうことで時がどんどん過ぎていっていることはわかってはいた。だけど、どれくらい日がたっているのかということは考えていなかった。ここへ来た時は、確か十一月四日だった。ということは、二十日近くもここで生活していることになる。改めて、ここで過ごした日々の長さを感じた。

「どないする？　来んのはおっさんばっかりやし、あんまりおすすめはせえへんけど、毎日俺とばっかりいるのもつまらんやろ？」

全然そんなことはない。そう思ったけど、一人でこんな山奥に残されるのも嫌だし、おいしいものをたくさん食べられるということなので、行くことにした。

「まさか、乗っていくんですか？」

飲み会と言っていたのに、田村さんは軽トラに乗り込もうとしていた。

「そうや。下まで降りなあかんで」

「ってことは、田村さんはお酒飲まないんですか？」

「そりゃ飲み会やもん。もちろん飲むで」

「じゃあ、車は？」

ろりとしている。

「ああ、大丈夫。俺、いくら飲んでも酔わへんから」

それは知ってる。毎晩田村さんは、すごい量の日本酒を飲むけど、いつだってけろりとしている。

「酔わなくたって、お酒を飲んだら飲酒運転です。今、都会ではすごい罰金取られるんですよ」

「法律は全国共通や。ここでも、飲酒運転は罰金取られるって」

「だったら……」

「大丈夫や。警察もおらんし」

「そういう問題じゃないですよ。もし事故でも起こしたら……」

「俺、事故は起こさへんで」

田村さんがきっぱりと言った。

その通りだ。田村さんはその粗雑さに似合わず、車の運転だけは丁寧で正確だった。きっと、お酒を飲んだぐらいではそれは変わらないだろう。田村さんの運転には、絶対に交通事故を起こさないという確固たるものがあった。そのまじめさは、田村さんが失ったものの大きさを示していて、時々軽トラの横に乗ると、私は胸が痛んだ。

「そうでした。ごめんなさい」

「なんや、俺のお酒の強さを認めてくれたんか」

「違いますよ。でも、とにかく飲酒運転はだめですからね」

「うるさい人やなあ。わかったっちゃ。俺飲まへんし」

田村さんはしぶしぶお酒を飲まないことを誓い、軽トラを出した。

もう日が暮れた夜の山道を、がたがたと軽トラは下っていく。ライトで照らされた部分だけ、道が浮かび上がる。

「なんだかうきうきしますね」

「そうなん？　あんたってお酒好きやったんか」

「いえ、お酒はあんまり飲めないけど……」

町へ下る道を降りるのに私は心が弾《はず》んだ。それは、飲み会に行けるからでも、ごちそうが食べられるからでもない。軽トラが細い道を降り、大きな舗装された道路に向かうのをなんとなく嬉《うれ》しく感じるのだ。

「まあ、あんな何もない山奥にずっとおったら、そりゃ疲れるわな」

「そうなんですかね」

「そりゃそうやろう。あんたまだ若いで」

「それを言うなら、田村さんだって、まだ若いじゃないですか」

田村さんがおじいさんみたいなことを言うのに、私は笑ってしまった。

「でも、あんたとは全然ちゃうやろ」

「全然違うって、田村さんと私って、七歳しか変わらないですよ」

「そういうんとはちゃうけど」

「じゃあ、どういうんですか？」

「なんちゅうか、ちゃうもんはちゃうやん」

「考え方とか？」

「それは関係ないけど」

「じゃあ、何なんですか？　私と田村さんの何が全然違うんですか？」

私はなぜか田村さんに違うと言われたことが気にかかった。だけど、田村さんは面倒になったのか、「なんかようわからん」と、答えるのを止めて、煙草《たばこ》を吸いはじめてしまった。

私は軽トラの窓に額をくっつけて、外を見た。遠くの岬の灯台の光が、海を細く照らすのが見える。

私にだってわかってる。田村さんと私は全然違う。年齢とか考え方とかそういうのではなくて、根本的に違うのだ。

海は暗く、低い音を鳴らしていた。この地へ来て、二十日。季節は大きく変わろうとしていた。

飲み会は町までにある四つの集落が合同で催しているもので、町に一番近い農協の二階が会場だった。会場と言っても、だだっ広い和室に、折りたたみの机と座布団《ざぶとん》が並べられただけの簡素なものだ。だけど、食べ物はすごかった。

お母さんたちが作ったという野菜が何でも入った煮物や、三つ葉と卵だけが巻いてあるシンプルな海苔《のり》巻き。朝釣ってきたというイカの造りや鯵《あじ》の刺身。自家製の干物《ひもの》や漬け物。でっかくてあんこやきな粉がたっぷりついたおはぎ。コロッケやスパゲティなどの今風な食べ物や、果物まで並んでいる。その一つ一つに作り手の思いが映し出されていて、盛り付けは雑多だけれど、どれも食べられることを待ち構えているように見えた。私は何度も「来てよかった」とつぶやいた。

漁協の会長の挨拶で飲み会が始まると、みんな勢いよくお酒を飲みはじめた。私は乾杯の音頭《おんど》の後に一杯だけビールを飲むと、食べることに精を出した。造りを食べ、おはぎを食べ、コロッケをほおばり、果物を口にした。ごはんもデザートも関係なく、私は食べたい物を食べたい順にどんどん口に入れた。おはぎは甘すぎたし、スパゲティはめんがくっついてもごもごした。だけど、食べ物は全部思った以上においしかった。お母さんたちが「ぜひ食べてみて」と次々に勧めてくれる煮物は、それぞれ家庭で味付けが違っておもしろかったし、新鮮な魚介類はそのものの味が直接に伝わってきて、改めて海がそばにある幸せを感じた。全《すべ》ての食べ物が本当に素朴で、単純なのにどこにもない味がした。

だけど、そうやってゆっくりと食べ物を味わっていられたのは初めのうちだけだった。飲み会の出席者たちはみんなすぐに酔っ払い、好き勝手に動きはじめ、会場は一気に雑然となった。これからの農業や漁業について熱く語る人、聴いたこともない歌を大声で熱唱している人、何を思ったのか突然相撲《すもう》を取りはじめる人までいた。

若い人が珍しいのか、私の前には次々とおじさんたちがやってきては、お酒をついでくれた。私は元々お酒は強くないし、会社の人たちと飲みに行っても、付き合いで口にする程度で酔うまで飲むことはまずなかった。ところが、ここではそんなことは許されなかった。

おじさんたちは断ろうとしても、「俺の酒が飲めんのか」と強引に勧めてくる。それに、お酒を注《つ》がれたらすぐに飲み干しコップを空にして、そのコップに酒を注いで相手に飲ませるというのが、ここのルールらしく、私は次々にビールや日本酒を口にしなくてはならなかった。

集まった人、十名近くに酒を飲まされ、私は本当に酔ってしまった。親切なおばさんたちが「そんなに飲ましたらかわいそうやであかんって」と止めてくれたが、その頃には私はすっかり酔いが回り、自分からがんがん飲んでいた。

「若いのは、飲みっぷりがええで、気持ちええ」

「それは、どーもありがとうございます」

「若いのは、どこからきたんや」

「さあ。よくわかりません」

「姉ちゃんは、なんや、田村んとこの女なんか」

「さあ、違うと思いますけど」

「なんや、そやったら、姉ちゃん、おっちゃんと結婚しような。毎晩うまい魚食わしたるで」

「ほんとですか？　おいしい魚食べられるんだったら、結婚しちゃおっかな」

「姉ちゃん、ちょい待ち。そのおっちゃんと結婚するんやったら、おっちゃんの方がええで。おっちゃんとこ、牧場やってるで、牛肉も豚肉も食えるで」

「えーどうしよう。迷っちゃうなあ。お肉も捨てがたいし、魚も捨てがたいし。誰と結婚しようかなあ」

「なんや若いのはあっちこっちに気が多いなあ」

初めにちゃんと自己紹介をしたのに、おじさんたちはみんな、私のことを「若いの」とか、「姉ちゃん」と呼んだ。みんな次々に質問してはきたけど、私の答えにはまるで興味がない様子で、自分たちで好き勝手に解釈しては、盛り上がっていた。

「姉ちゃんみたいなのがおると、ほんま酒もうまいなあ」

「ほんとうですかー。えへへ。ありがとうございます」

私は自分の呂律《ろれつ》が回っていないことがおかしくて、しゃべっては笑い、また飲んだ。

田村さんは約束通り、お酒を飲まず、その分、しっかり食べていた。漁師をしているおじいさんとイカ釣りについて語っていた。

たくさんのお酒を飲んで、すっかり酔っ払った私は、そのまま座敷で眠っていたらしい。

「そろそろ帰るで」

と田村さんに起こされて、気がついた時には、もう会場は片づけが終わろうとしていた。

「もしかして私って寝てました？」

「もしかせんでも、しっかり寝とったわ」

「えへへ。すいません」

この辺の人は本当にお酒が強い。私と一緒に酔っ払っていたおじさんたちも、今はすっかり正気に戻って、せっせと机を片付けていた。

「若い人はええねえ」

おばさんたちは、のんきに寝ていた私に微笑《ほほえ》みながらそう言った。私は頼りない足取りのまま、何度もおじさんやおばさんたちに頭を下げてはお礼を言って、ようやく会場を後にした。

「ほんまにあんたってのんきで陽気な人やなあ」

田村さんはため息をつきながら、酔っ払ってよろよろ歩く私を軽トラに押し込んだ。

「えへへ。だって楽しいんだもん」

「そりゃよかったな」

「うん。すっごいよかった。田村さんも飲めばよかったのに」

「なんやそれ。あんたが飲むなって言うとったんやで」

「そっか。かわいそうに。すごいおもしろかったのにな。みんなみんなすごいいい人ばっかりで、みんなみんなおいしい物ばっかりで、みんなみんな……」

「わかったわかった。とにかくよかってんやろ」

「うん。特別に最高にとりわけよかった」

お酒を飲むのはこんなにも気持ちがよいことだったのか。酔っ払うとこんなに楽しいのか。私はすっかりご機嫌になった。だけど、それは軽トラが山道に入るまでだった。

軽トラが山道に入ると、私はすぐに死にそうになった。舗装された道路とは違い、山道は激しく揺れる。たくさん飲んだし、たくさん食べた。車が揺れると、胃の中がかき回されて、私はすっかり気分が悪くなった。

「吐きそう……」

「へ?」

「吐きそうです」

「後もうちょいで着くから我慢しないな」

「無理です。もう吐く!」

私は強引に車を止めてもらって、軽トラから飛び出すと、そのまま道路の脇《わき》にしゃがみ込んだ。食べたもの全てが胃の中で混ざり合って、喉《のど》まで押し上げてきた。うつむいて口を開いただけで、食べた物が一気に出てきた。

「舟乗って吐いて、鶏見て吐いて、酒飲んで吐いて。あんた、ほんまよう吐くなあ。この地はあんたのゲロだらけや」

田村さんも軽トラから降りてきて、私の後ろで煙草を吹かしはじめた。

「そんなこと言うの止めてくださいよ。人聞きの悪い」

「ほんまのことやん。こんな短期間で三回も吐く人見たん、俺初めてやで」

「慣れないことばかりで、胃も衝撃を受けているんです」

どでかい日の出も、さばかれる鶏も、浴びるように酒を飲む飲み会も、私にはまったく初めてのことだった。だから、身体《からだ》だって驚いているのだ。

「もう十分吐いたやろ？　行くで」

「無理です。軽トラに乗ったら、また絶対吐きます」

私はもう立ち上がれなかった。一通り吐いて胃はすっきりしたけど、身体中がぐるぐる回っていた。立つのも座るのもしんどかった。もう動くのが面倒くさくなって、私はそのまま道に寝ころんだ。どうせ、車なんか通りはしない。石ころがごろごろして、少し背中が痛かったけど、気にならなかった。今日は雨が降っていたから土は水を含んで、じっとりしている。薄手のセーターに水がしみこんで背中が濡《ぬ》れた。

「そんなとこに寝っ転がってんと、もう帰るで」

「絶対無理です。もう動くのは不可能です」

「そやけど、風邪ひくやん」

田村さんは私を何度か起こそうとした。だけど、私の身体はずっしり重く、ちっとも言うことを聞かない。

「もう、しゃあないなあ」

田村さんは私を起こすことを諦《あきら》め、煙草をくわえたまま私の横に座り込んだ。

「うわ。星。雨降ってたのに、星。ほら、見て見て」

寝っ転がると、気持ちが大らかになる。私は大きな声で、空を指しながら叫んだ。

「そやな」

田村さんは空も見上げずに言った。

「何よそれ。つまんない反応」

「あんたは酔うとるでええけど、俺、飲んでへんし、かなり寒いんやけど」

「大丈夫ですって。いつも田村さん薄着じゃないですか。今更何を言ってるんですか」

道の真ん中に寝転がるのは気持ちよかった。立っているより、ずっと大きく広く夜空が見える。こうやって空を見上げれば、地球が丸いことがわかる。冷たい空気が肌に触れて、お酒でのぼせた身体に心地いい。

「そうだ! せっかくだから一緒にあれ歌いましょうよ。こないだ日曜日に聴いたやつ」

「あれって、もしかして讃美歌?」

「そう、それ。『青年』とかいうの。残念ながら、今日は二人しかいないから、二部合唱しかできないけど。私がソプラノで、田村さんがテナーです。どうですか? テナーでいいですか?」

「テナーでもバスでもなんでもええけど、なんでこんなとこで歌わなあかんねん」

田村さんは本気で寒いのか、大きな身体をぎゅっと丸めて四本目の煙草を吸いはじめた。田村さんはヘビースモーカーではないから、軽トラに乗った時ぐらいしか、煙草は吸わない。それも一回に二、三本吸えばいいところだった。

「いいんです。ほら、今日だって、いっぱい命あるものを食べたでしょう? これは、讃美歌でも歌わないと罰が当たりますよ。ね」

私は勝手に提案すると、身体を起こして、背中をはたいた。なんだか、ものすごく、讃美歌を歌いたくなってきた。

「ね、って、俺はその歌知ってるけど、あんた知らんやん」

「大丈夫です。こないだみんなが歌ってるの、真剣に聴いてたから。いきますよー」

「ほんまに歌うの？」

「もう、本当に本当に本当です。いきますよ！　さんはい」

私に強引に仕切られ、田村さんは渋々歌いはじめた。

　きけや愛の言葉を
　もろ国びとらの　罪とがをのぞく
　主の御言葉を、主のみことばを
　やがて時は来たらん
　神のみ光りの　普《あまね》く世をてらす
　あしたは来たらん

いい歌だ。すごくいい歌だ。改めてそう思った。日曜日に教会で聴いた時は、ハモっているみんなの歌声に驚いていて、メロディしか聴いていなかった。でも、こうやって、何もない夜の道ばたで田村さんが低い声で歌うのを聴くと、歌詞がちゃんとわかった。

私はクリスチャンじゃないし、信仰心もほとんどない。だからこの歌の意味は完全にはわからない。だけど、この歌に、胸を打たれた。私もこの讃美歌でいう「青年」なのだと思った。

「大丈夫って、あんたちっとも歌ってへんやん」

讃美歌のお決まりなのか、最後にちゃんとアーメンと言ってから、田村さんが文句を言った。

「えへへ。でも素敵な歌です」

「ほんま、勝手な人やなあ」

「そんな膨《ふく》れないでくださいよ」

「こんな夜道で一人で歌わされたら、そら参るって」

「じゃあ、二人とも知ってる歌を歌いましょう。ね」

「二人とも知ってる歌？　そんなんあるかいなあ」

田村さんが首を傾《かし》げた。

「ほら、地球上に起きるラブアンドピース以外の歌」

「ラブアンドピース以外の歌？」

私達は、夜の細い道の真ん中でご機嫌に吉幾三《よしいくぞう》を歌った。田村さんは酔ってないのに、ちゃんと歌った。それがまたおかしくて、私は笑いながらめちゃくちゃな歌詞で、「雪國《ゆきぐに》」と「酒よ」を何度も繰り返し歌った。

歌っていると気持ちがいい。誰もいない山の中で、大声で歌うのはたまらない解放感だった。

なのに、私はだんだん寂しくなってきた。歌えば歌うほど、寂しくなった。声がどんどん深い夜に吸い込まれていく。それと一緒にみるみる寂しくなってしまった。ここにはたくさんの星、たくさんの木、山に海に風がある。それに、隣には田村さんもいる。今、私はたくさんのすてきなものに囲まれている。

でも、寂しかった。すてきなものがいくらたくさんあっても、ここには自分の居場所がない。するべきことがここにはない。だから悲しかった。きっと私は自分のいるべき場所からうんと離れてしまったのだ。そう思うと、突然心細くなった。まだ、そんなことに気づかずにいたい。本当のことはわからずにいたい。だけど、私の元にも時が来ようとしていた。

酔いから抜けてしまわないように、私は必死で大きい声を張り上げて、吉幾三を歌った。だけど、そんなのはささやかな抵抗だ。酔いはいつか醒《さ》めてしまう。

9

二日酔いで翌日は朝から頭が痛かった。重い曇り空からしとしと細い雨が降るのも手伝って、身体中がぼんやりする。朝の調《ととの》った食卓を見ると、それだけでまた吐きそうになった。

「ほんだら、水菜だけでも食べとき。身体ん中さっぱりするわ」

田村さんはまったく手を付けていない私の朝食を手際《てぎわ》よく片づけた。

「すいません」

胃は何も受け付けたくないと言っていたが、私は素直に水菜を口に入れた。水菜はリンゴと一緒に和《あ》えてあり、しゃきしゃきとして口の中に心地よい水分を運んでくれた。

だらだらと朝食を取る私の横で、田村さんは大きな漆塗《うるしぬ》りのボールやら、分厚いまな板やらを広間に出してきた。今日は昨日摘《つ》んで挽《ひ》いておいたそばの実で、そばを打つらしい。

「雨でも雪でも、田村さんは何かやることがあるんですね」

私は水菜を何とか食べ終えると、熱いお茶を飲んだ。胃も口も思うように働かず、水菜のサラダを食べるだけで、随分時間がかかってしまった。

「なんやそれ」

「暗くなったら鎌《かま》研いで、雨が降ったらそば挽いてって」

「やまんばみたいにやろ?」

田村さんはどかっとボールの前に腰を下ろした。

「ほめてるんですよ」

何も娯楽のない地だが、田村さんはいつも何かをしている。農作業、漁業、それに関《かか》わる諸々《もろもろ》のこと。農業も漁業も単純だけど、いくらでも作業が広げられる。だから、やるべきことは尽きない。なのに私は、雨と二日酔いで朝の散歩が奪われただけで、すっかり手持ちぶさたになってしまった。

「あんたは、散歩以外にはやりたいことないの?」

田村さんはそば粉と小麦粉をボールの中に入れ、お湯を注いだ。そばの香《こう》ばしい匂《にお》いが広間にふんわりと広がる。

「さあって、あんたかって趣味とかあったんやろう？」

「さあ……」

もちろん、私だって趣味ぐらいはあった。旅行、読書、お菓子作り。それなりにそういうことをやってはいた。だけど、別にそれらができなくたってちっとも構わないし、何も困らない。一年間ほど、友達と一緒にテニスを習いに行っていたこともある。その時は割と夢中だった。でも、今は取り立ててやりたいとは思わない。学生の時は、映画を見るのが大好きで、よく映画館に足を運んだ。だけど、今は映画なんてどうでもいい。

大事なものはたくさんあったような気がするのに、今となっては全《すべ》てが取るに足らないことに思えた。結局、私が必死だった恋愛も仕事も日々の生活も少し離れてしまえば、すんなり手放せるものばかりだった。

「改めて考えると、難しいですね」

「まあ、俺かて別に趣味っていうほどのことはなんもないけどな」

田村さんはそば粉をゆっくりと練りはじめた。さらさらだったそば粉が水分を吸って、だんだんどっしりとしていく。少しずつまとまっていく灰色の粉はなんだか粘土みたいで、私はふと子どもの時のことが頭に浮かんだ。

「そう、そういえば、私、絵を描くのが好きだったんです」

社会に出てからまるで思い出さなくなったけど、私は子どもの頃、強烈に絵を描くことが好きだった。暇さえあれば、画用紙に絵を描いているそんな子どもだった。

「へえ。そうなんや」

「そう。本当にすごくすごく絵が好きで、昔は画家になりたかったぐらいなんですよ」

「すごい大規模な夢を持ってたんやなあ。でも、営業やってたんやろ？　まるっきり違うもんになってんなあ」

粉は田村さんの大きな手の中でどんどんまとまっていく。練れば練るほど、つやつやしていい色になっていく。

「好きなだけで、たいして絵の才能があったわけじゃなかったから……。小さい頃は本気で夢見てたけど、中学行って、高校行って、大きくなるにつれて、現実もわかってきちゃって、画家はとてもじゃないけど無理だなあって思ったんです」

「なるほど。人生は厳しいもんやなあ」

「ほんと、なかなか思うようにいかないですね」

残念ながら、私の絵の才能は驚くほどなかった。子どもの頃は、そんなこと気づきもせずに夢を描いていた。だけど、大きくなるに従って、自分の力は明確になった。

小学校の頃の私は、図工の成績はいつだって「よくできました」だったし、先生に絵が上手だとしょっちゅうほめられていた。中学に入っても、二年生まで美術の成績は五段階の「四」だった。ところが、中学三年から私の成績は下がった。高校での美術は、どんなにがんばってもずっと「二」だった。

幼い頃は一生懸命真面目《まじめ》にやりさえすれば、大人は評価してくれる。ところが、高校生にもなると、そんな甘いことは通用しない。ちゃんと現実を教えてくれる。いくら努力をしても、下手なものは下手なのだ。時間をかけようが、手間をかけようが関係ない。

「せめて、大学は美術系の学校に進みたいって、思ってたんですけど、親にも教師にも無謀だって言われて……。もちろん自分でも才能がないことは嫌ってほどわかってたし。だから、結局は普通の短大に進んじゃったんです。思う存分絵を描きたい、もっと美術を学びたい、何らかの形で絵を描く仕事に携わりたいって進路を決めるぎりぎりまで迷ってたんですけどね」

その選択が間違っていたかどうかはわからない。希望通り美術系の大学に行ったとしても、私の才能は実らなかっただろう。だけど、もう少し、絵を描きたかったなとは思う。

「そっか。そういやうちの親父《おやじ》も、絵描くの好きやったで。水彩画やけどな。俺が子どもの頃、しょっちゅう描いとった。たいしてうまくもなかったけど。ほら、この辺、絵になるものようきあるやろ？　そのままささっと描くだけでも、それなりにええ絵になるからなあ。そや、あんたも描いてみたら？　せっかくこんな所におるんやで。絵の具やなんや用具はいくらでもあるし」

「そうですね。久しぶりに描いてみようかな……」

「これ、通り雨やですぐ上がるわ。そしたら絵描きに行っといで。ちょっと外歩いたら、二日酔いもましになるわ。せっかくそば打ってんねんから、おいしく食べなもったいないしな」

「そうですね。うん。そうします」

絵を描くと決めたら、私はすぐにでも外へ行きたくなった。子どもの頃絵を描いていた時の喜びを思い出して、うずうずした。あんなに重かった頭も、絵のことでいっぱいになって、とたんに活性化しはじめた。

「ほんま、あんたって忙しい人やなあ」

何回も窓の外の雨を窺《うかが》う私に田村さんが言った。

「さっきまでだるいだの、頭痛いだのぐちぐち言っとったかと思ったら、次は出かけたくってそわそわしとるんやもんなあ」

「さっきは、本当にしんどかったんですよ。本気でもうだめだって思ったんですって」

「一時間でそない変わるって、便利な体質や」

「一時間前は、絵のことを思い出してなかったからですよ。きっと」

自分でも不思議だけど、一時間前、どうがんばってもだるかった身体《からだ》が、今は弾んでいる。二十日前、死のうとしていた私は、今、子どもの頃のことを思い出して絵なんて描こうとしている。何十年かけても変わらないこともあるけど、きっかけさえあれば、気持ちも身体もいとも簡単に変化する。それにもっと敏感に対応していかないといけない。そう思った。

田村さんの言うとおり、一時間くらいで雨は目を凝らさないとわからないくらい細くなった。この辺りの天気の移り変わりの速さにはいつも驚かされる。まだ完全に雨は上がっていなかったけど、待ちきれずに私は用具一式を持って、外へと出た。

集落は一面、明け方からの雨のせいでうっすらともやがかかっていた。雨の露を受けて、木々も畑も原っぱもきらきら光っている。どこを絵にしようか。何を描こうか。私は目を凝らしながら、あちこちを歩き回った。小さな雨が顔にかかるのも、足先が露で濡《ぬ》れるのも気にならなかった。

十一月も終りにさしかかった木々の葉は様々な色のまま枯れていこうとしていた。冬に向けて、全てのものが色を薄めて、集落一帯が穏やかに息を潜《ひそ》めている。どこから見る景色も美しい。どこを切り取っても、自然がしっかりと息づいている。

私は集落を全て細かく見て回り、結局いつも散歩の最後に行く小高い丘で絵を描くことに決めた。そこで時間を過ごすのが私には一番合っていた。

丘の真ん中には、大きな楓《かえで》の木がある。少し幹は曲がっているけど、どっしりとこれから来る冬を力強く待っている。この木を描きたい。この枝を、この幹を自分の手を通して、絵にしたい。

私はさっそく楓の木の下にビニールシートを敷いた。ビニールシートは薄くてあんまり役に立たず、ごつごつした石ころでお尻《しり》が痛い。地面の冷たさや湿り気もそのまま伝わってくる。だけど、そんなことはどうでもよかった。早く絵を描きたいのだ。私は、用具を一通り揃《そろ》えて、木を見上げた。

枝越しに空が見える。葉がほとんど残っていない枝は、それでもなお手を大きく広げて立っている。この木、この枝、この風景。早く、画用紙に写し出したい。下書きをするのももどかしく、私は鉛筆ではなく、筆を手にした。幹の焦《こ》げた色、曇った空の重い色、葉の枯れた色。どれも、絵の具にはない色だ。パレットに思い付くままに絵の具をしぼり出し、どんどん色を混ぜ合わせていく。

田村さんのお父さんは本格的に絵を描いていたのだろうか。筆も絵の具も質のいいもので、使い心地はとてもよかった。小さな画用紙の上を滑《すべ》るように絵の具が載っていった。

子どもの頃、私は絵を描くのにとても時間がかかった。何を描くのかを決めるのも、どの色を使うのかを決めるのにもかなりの時間を費やした。いざ描きはじめても、一本一本の線を引くのにも、色を作るのにも時間がかかった。小学校の頃は、それを丁寧だと教師は評価してくれた。だけど、高校生になると、手際が悪いと減点材料となった。

今は、不思議なほど自然と手が動いた。何の迷いもなく、線を描き、色を作っていく。とにかく早く、この景色を絵にしてしまいたい。私の筆は勢いよく画用紙の上を動いた。

絵は、三十分もかけずに出来上がった。ひたすら筆を動かすことだけに集中していたから、描き上げた時にはものすごい充実感があった。最後に空を塗りおえて、筆を置いた時には爽快感《そうかいかん》すらあった。とにかく気持ちよかった。絵にしたかったものを描き終えた。身体中がすっきりと澄んでいくようだった。

ところが、出来上がった絵を眺めてみて、私は自分で爆笑してしまった。灰色の濁《にご》った空の真ん中に茶色いひょろひょろの木が浮かぶ不思議な絵。私の絵は楓も空も何一つ正確に写し出していなかった。葉も枝も幹も、目の前にあるものとはまったく違う。その良さはどこにも表されていない。やっぱり私の絵に関する才能は皆無だったのだ。

「いくらなんでもひどすぎる……」

私は一人でそうつぶやいて、また笑った。

そして、私が描いたとんでもなくへたくそな絵は、私に答えを教えてくれた。

私は自然を見ることはできても、それを描き出すことはできない。自然の中に入ることはできても、自然と共に暮らせる人間ではないのだ。

私はこの地が好きだ。朝露に湿った道を歩くのも、夕焼けにそまる枯れ枝を見上げるのも大好きだ。葉の匂い、風の音、きれいな水、きれいな空気。どれも捨てがたい。おいしい食事に、心地よい眠り。この生活にも身体が順応している。古い民宿だって、鶏たちだって気に入ってる。だけど、ここには私のするべきことはどこにもない。自然は私を受けいれてくれるし、たくさんのものを与えてくれる。でも、私はここで何をすればいいのかちっともわからない。

都会に戻ったからって、するべきことがあるわけじゃない。やりたいこともない。存在の意義なんて結局どこへ行ったって、わからないかもしれない。けれど、それに近付こうとしないといけない気はする。ここで暮らすのは、たぶん違う。ここには私の日常はない。ここにいてはだめなのだ。

私には、田村さんのようにこの地を守らないといけないという使命はない。畑のおばあさんのように全てにとらわれず自分のルールで生きていく強さもない。パン屋のおばさんみたいにこの地に惚《ほ》れ込んでしまえるようなまっすぐさもない。ここから抜け出すのにはパワーがいる。だけど、気づいたのなら行かなくてはいけない。今行かないと、また決心が緩む。そして、私はやるべきことがないのを知りながら、ここでただ生きるだけに時間を使うことになってしまう。それは心地よいけど、だめだ。温かい所にいてはだめだ。私はまだ若い。この地で悟るのはまだ早い。私は私の日常をちゃんと作っていかなくちゃいけない。まだ、何かをしなくちゃいけない。もう休むのはおしまいだ。

私の絵を見て、田村さんは困った顔をした。

「これって芸術的なんかなあ。すごい抽象的すぎて、俺、素人《しろうと》やから、ようわからんわ」

「いえ、これは写生です」

「写生って、見たままを描くやつのことか?」

「そうです」

私が頷くと、田村さんは爆笑した。

「すごいなあ。こりゃあ、俺が熱血教師やったとしても、夢をあきらめず努力したら、画家になれるよとは言えへんなあ」

「ええ、わかってます。描いてて気持ちよかったから、それでいいんです」

描いてる三十分間、私は最高に気持ちよかった。だからそれでいい。できあがりなんてどうだっていいのだ。

昼には田村さんの打ったそばを食べた。二日酔いはどこかに飛んでいってしまい、私はお腹がとてもすいていて、三杯もそばをお代わりした。田村さんが素早く力強く打ったそばはこしが強く、つるっと口の中に入ったのに、よく噛《か》むと舌の上でそば粉のざらざらした感触が残った。何でできた物なのか、どうやって作った物なのか、口に入れるとちゃんとわかる。どんな手の込んだ料理より、どんな高級料理より、それは、おいしい。そばは味が濃く、噛むたびに匂いが口中に広がった。

おいしいものを食べると、どうしても決心が鈍りそうになる。でも、思い立ったら、すぐに動かなくてはいけない。このままだといつまでもここから抜け出せない。

私は三杯目のそばを食べ終え、箸《はし》を置くと、口を開いた。

「そろそろ、出ようかと思うんです」

「そうか。そやな。えらい長居しすぎたもんな」

田村さんは、まったく驚きもせず、そば湯を飲みながらごく自然に私の言葉を受け取った。

「ここにずっといられたらなあって思ったりもしたんですけど……」

「ここに来て、五日くらいはみんなそう言うで。廃屋もあるし、土地も余ってるし、ここに住もうかなって言う。でも、ちゃうやろ？」

「ええ」

「ここはほんまええ所や。ここにはたくさんすてきなものがあるし、生きていくために必要なものはふんだんに最高の形で目の前にある。そやけど、あんたにはそれだけではあかんやろ？」

田村さんの言葉に私は静かに頷《うなず》いた。

「もうすぐここにすごい冬が来る。冬になったら、ほんま動かれへん。冬になると、この集落はほんま閉ざされてしまうからな。その前に帰った方がええな。うん。今日がええ頃合いや。明日はまた天気が崩れるらしいから、思い立ったら吉日や」

田村さんはそう言うと、早速片づけのため立ち上がった。

あまりの早い展開に、私の方が戸惑った。突き放されたような気さえした。だけど、それでいい。私もそば湯を飲み干すと、帰り支度をはじめた。

ほとんど空っぽできた鞄《かばん》に、ここへ来てから買った洋服やらを詰めると、すぐに満杯になってしまった。おじいちゃんにもらった大きい鞄を持ってきておいてよかった。

自分の荷物を片づけると、私は部屋を掃除した。畳を雑巾《ぞうきん》で拭《ふ》き、窓と机を拭いた。来た時にはひんやりと湿気ていた部屋が、二十日あまり寝起きしただけで、すっかり私のもののようになってしまっていた。これといって、物が増えたわけじゃないし、様子も来た時とはほとんど変わっていない。だけど、私の日々が砂壁や木の柱にしっかりと刻まれていた。

着替えを済ませ荷物を持って下へ降りると、田村さんが忙しく動いていた。

「何してるんですか？」

「街へ戻ったら、なかなかええもん食われへんやろ？」

白菜、大根、卵。魚の干物《ひもの》、打ったばかりのそば。田村さんはそれらを次々と紙袋に入れていた。

「そんないっぱい、いいですよ」

「そう言わんと、まあ、持って帰り」

田村さんは私が止めるのも聞かず、どんどん紙袋に食料を詰め込んだ。何だか、田舎のおばあちゃん家《ち》に行った時みたいで、私は吹きだしてしまった。

「なんや」

「田村さん、おばあちゃんみたいだなあって思って。おばあちゃん家に行くと、おばあちゃん、いつもあれ持って帰れ、これ持って帰れって、荷物になるのにいらないものばかりいろいろ出してくるんですよね。それとそっくり」

「あんたって、ほんま遠慮のない人やなあ」

「え？　遠慮してますよ。だから、そんないっぱいいらないって、言ってるじゃないですか」

「そういう意味とちゃうわ。まあ、ええわ。とにかく持って帰って。今は寒いし、日持ちするでな」

田村さんは手際《てぎわ》よく、食料の詰まった大きな紙袋を二つ作り上げた。

「こんなの持って、電車に乗ったらみんなに笑われそう」

「そんなもん、誰も見てへんわ」

「確かに。なんちゃないですね」

すかすかだった旅行鞄はぎゅうぎゅう詰めになり、それだけでは足りず、両手にいっぱいの荷物になった。ここへ来た時、あんなに軽かった荷物が、今はずっしり重い。

軽トラで駅へ向かう前、最後にと眼鏡橋を見にいった。木々に覆《おお》われた細い橋の下には、鬱蒼《うっそう》とした山道にその橋はひっそりとあった。木々に覆われた細い橋の下には、深い谷が潜んでいる。険しい岩で作られた谷はあまりに鋭く、見下ろすだけで足がすくんだ。夕暮れが迫っているせいで、谷の底はもう既に暗く、どこまでも深く見える。とてもじゃないけど、ここから飛び込むなんて無理だ。

「怖い……」

私は谷を覗《のぞ》きこむのを止《や》めた。

「やろ？　飛びこんだらあかんで」

「へ？」

「こんなとこ、絶対飛びこんだらあかん」

田村さんは橋から谷を見下ろしたままで言った。

「飛びこんだらあかんって、田村さん、ここだったらうまく死ねるって、あんなに勧めてたじゃないですか」

「そりゃ、あの頃はあんたのこと知らんかったで、どうでもよかったけど」

「もう大丈夫です。舟も乗ったし、鶏とも向き合えるようになったし。昔よりはずっと根性が付いたような気がしますから」

「そやな。それに、あんたって、自分が思ってるんとは全然違うしな」

田村さんはそう言いながら、けたけた笑った。

「どういう意味ですか？」

「あんた、自分のこと繊細やとか、気が弱いとか言うとるけど、えらい率直やし、適当にわがままやし、ほんま気楽な人やで」

「何ですか、それ」

私は顔をしかめた。

「ほめてるんやで。あんたみたいな人は、長生きするわ」

そうなのだろうか。自分ではそんなことわからない。だけど、確かに今は長生きできそうな気がする。もっともっと生きていけそうな気がする。ここで過ごしたのはたった一ヶ月足らずの時間だけど、その間に自分の中の何かが溶けて、違う何かが息づいたように感じる。

朝からの曇りで沈んだ空とはうらはらに、駅へ向から軽トラから見える風景はどんどん活気づいていった。店も増え、道路も広がり、たくさんの車や人が動くのが見える。

町で買い物をした時、教会に行った時、飲み会の時、何度かこの軽トラで、山から下りたことはある。だけど、こんなふうに駅まで出たのは初めてだ。駅前のにぎやかな通りが見えてくると、本当に出口につれてこられたんだなと思った。

「よし。着いたで。忘れもんないようにしないな」

田村さんはロータリーのタクシーの合間に軽トラを止めた。

「大丈夫です」

私は鞄を肩にかけ、大きな紙袋を手にした。二十一日間の宿泊費、二万千円も支払ったし、記念に宿に飾っておいてくれと言ったのに断られた朝描いた絵も鞄に入れた。何も忘れ物はないはずだ。

「三十五分に特急来るで、ちょうどええやろ。切符も買わなあかんやろうし、ぼちぼち行き」

「ええ」

私はそう頷いたけど、なかなか身体《からだ》は進まなかった。

二十一日間。たった二十一日。一ヶ月にも満たない。だけど、その日々は緩やかで濃密だった。静かでめまぐるしかった。そして、その時間にはいつも田村さんがいた。

海も山も木も日の出も、みんな田村さんが見せてくれた。おいしい食事も健やかな眠りも田村さんを通して知った。魚や鶏を手にすることも、讃美歌を歌うことも、絵を描くことも、きっと田村さんが教えてくれた。そう思うと、胸が苦しくなった。

ここで生きていけたら、どんなにいいだろう。きっと、後少し、後一ヶ月だけでもここで暮らしたら、私はもっと確実に田村さんのことを好きになったはずだ。田村さんと一緒にいたいと、もっと強く思えたにちがいない。そして、ここにいる意味を見つけられたかもしれない。でも、もう行くと決めたのだ。

「私が帰るのって、田村さん、悲しいですか？」

私は車のロックを外してから、そう訊《き》いた。

「あんたって、ほんま幸せな人やなあ」

田村さんはため息混じりの笑い声を漏らした。

「悲しいの、悲しくないの？ どっちですか？」

「そりゃ、悲しい。あんたやなかっても、人が来て去っていくのは悲しいもんやろ」

田村さんは苛々《いらいら》した口調で言い、煙草《たばこ》に火を付けた。煙草を吸うのは今日はもう八本目だ。

「それじゃわかんないです。人じゃなくて、私が帰るのはどうですか？ って聞いてるのに」

「じゃあ、俺が帰らんといてって言ったら、あんたはここにいてくれんの？」

「じゃあ、私がここにいたいって言ったら、田村さん置いてくれるんですか？」

「そりゃ、そうや。俺の家は民宿やからな」

「そっか……。そうですね」

特急がホームに入る、というアナウンスが聞こえた。もう出発の時間だ。

「いろいろお世話になりました」

私は軽トラから飛び降り、田村さんを振り返って、頭を下げた。

「いや、どういたしまして。まあ、がんばりないな」

「ええ、田村さんも」

「ああ。ほな、またな」

田村さんはそう言って手を振ると、そのまま、ロータリーから去っていった。軽トラはすぐに小さくなり、あっけなく通りから消えていった。

木屋谷の集落とは違い、軽トラがいなくなっても、何も風景は変わらない。駅前は人も店も多い。何かが去っていっても、まだここにはいろんなものがある。だけど、すごく寂しいと思った。これから一人で始めないといけないと思うと、突然心細くなった。

街へ向かう特急は、平日のせいか、がらりと空いていたが、大荷物のせいで、座席に着くのに一苦労だった。私は座席を確保すると、荷物の整理を始めた。田村さんが詰めてくれた紙袋の中からは、白菜や大根が飛び出ている。網棚に置いても落ちてこないように、もう一度入れ直そうと、私は紙袋の中の物を取りだした。形の取りやすい白菜を底に入れようとして、私は、小さな青い箱が袋に入っているのに気づいた。

古ぼけた濃い青の小さな四角い箱。……マッチだ。民宿たむらのマッチ。久秋が何時間もかけて私に会いにくるのに頼りにしたマッチ。

マッチには住所と電話番号が書いてあり、年中無休、絶景の宿たむらとなっている。

とりあえず、今度はこのマッチが自己暗示の代わりになるだろう。そして、このマッチを頼りに、木屋谷を訪れる日がきっと来る。

私はマッチをポケットに入れ、出発のベルを待った。

文庫版あとがき

数年前、突然丹後地方の中学校での勤務が決まりました。聞いたことのない地名だったし、全校生徒30名に満たない学校だと聞かされていたので、勤務する前は勝手にとんでもない田舎を想像していました。

牛や馬が普通に歩いていて、生徒たちの頬は真っ赤で「先生、おいらとこのりんご食ってけろ」なんて持ってきてくれるような、そんな場所だと思っていました。だから、越してくる時、とにかく当面の生活はなんとかなるようにと醤油《しょうゆ》や米やビニル袋など生活必需品をたくさん持ってきました。

実際は全然違って、生徒は頬も赤くなければりんごもくれないし、時々熊《くま》や猪《いのしし》や鹿《しか》は出るけど、馬や牛は普通には歩いてません。それに、車で走れば何でもある。小さいけどジャスコぐらいのスーパーはあるし、美容院もあるし、本屋もある。普通の生活には困ることはありませんでした。

想像とは違ったけど、丹後の地で私は初めてのことをたくさん経験しました。星がぎっしり詰まった空を見て驚き、揺れまくる舟で釣りをして死にかけ、教会でクリスマスを迎え信仰心を少し芽生えさせ、浴びるほどお酒を飲んで吐《は》きまくり、ついでにそばを打ったり、鶏《とり》小屋に入ったりもしました。

すばらしい場所だ。とにかくここに居られる間にたくさんのことをやっておこうと思っていたのもつかの間、丹後生活も5年以上になり、丹後の毎日が日常になりました。

だけど、そろそろこの地を去る日が来そうな気がします。私は教員で教育委員会次第だから、自分がいつどこに行くのかは不明ですが、永遠にここで暮らすということにあまり実感がわきません。昔からの人ばかりの土地のせいか、自分自身によそから来ている人間だという違和感を持ってしまうし、現実に丹後で生活しているのになんとなく夢の中にいるような部分が完全には消えません。それがこの地の魅力でもあると思います。

丹後での生活があって、この本が出来上がりました。そして、現実の丹後での暮らしはもっとずっとすごくて、私の身体《からだ》に染《し》み付いています。

丹後で出会った人すべてに感謝したいと思います。

二〇〇六年九月

瀬尾まいこ

この作品は平成十六年六月新潮社より刊行された。

瀬尾まいこ著
卵の緒
坊っちゃん文学賞受賞
僕は捨て子だ。それでも母さんは誰より僕を愛してくれる――。親子の確かな絆を描く表題作など二篇。著者の瑞々しいデビュー作！

瀬尾まいこ著
あと少し、もう少し
頼りない顧問のもと、寄せ集めのメンバーがぶつかり合いながら挑む中学最後の駅伝大会。襷が繋いだ想いに、感涙必至の傑作青春小説。

瀬尾まいこ著
君が夏を走らせる
金髪少年・大田は、先輩の頼みで鈴香（一歳）の子守をする羽目になり、退屈な夏休みが急転！ 温かい涙あふれるひと夏の奮闘記。

いしいしんじ著
ぶらんこ乗り
ぶらんこが得意な、声を失った男の子。動物と話ができる、作り話の天才。もういない、私の弟。古びたノートに残された真実の物語。

石田衣良著
4TEEN
【フォーティーン】
直木賞受賞
ぼくらはきっと空だって飛べる！ 月島の街で成長する14歳の中学生4人組の、爽快でちょっと切ない青春ストーリー。直木賞受賞作。

江國香織著
きらきらひかる
二人は全てを許し合って結婚した、筈だった……。妻はアル中、夫はホモ。セックスレスの奇妙な新婚夫婦を軸に描く、素敵な愛の物語。

江國香織著
こうばしい日々
坪田譲治文学賞受賞

恋に遊びに、ぼくはけっこう忙しい。11歳の男の子の日常を綴った表題作など、ピュアで素敵なボーイズ&ガールズを描く中編二編。

江國香織著
つめたいよるに

愛犬の死の翌日、一人の少年と巡り合った女の子の不思議な一日を描く「デューク」、デビュー作「桃子」など、21編を収録した短編集。

小川洋子著
まぶた

15歳のわたしが男の部屋で感じる奇妙な視線の持ち主は？　現実と悪夢の間を揺れ動く不思議なリアリティで、読者の心をつかむ8編。

小川洋子著
博士の愛した数式
本屋大賞・読売文学賞受賞

80分しか記憶が続かない数学者と、家政婦とその息子――第1回本屋大賞に輝く、あまりに切なく暖かい奇跡の物語。待望の文庫化！

小野不由美著
屍鬼（一～五）

「村は死によって包囲されている」。一人、また一人、相次ぐ葬送。殺人か、疫病か、それとも……。超弩級の恐怖が音もなく忍び寄る。

恩田陸著
六番目の小夜子

ツムラサヨコ。奇妙なゲームが受け継がれる高校に、謎めいた生徒が転校してきた。青春のきらめきを放つ、伝説のモダン・ホラー。

天国《てんごく》はまだ遠《とお》く

新潮文庫　せ－12－1

平成十八年十一月一日 発行
令和六年九月十五日 三十二刷

著者 瀬《せ》尾《お》まいこ

発行者 佐藤隆信
発行所 株式会社 新潮社
郵便番号 一六二―八七一一
東京都新宿区矢来町七一
電話 編集部(〇三)三二六六―五四四〇
読者係(〇三)三二六六―五一一一
https://www.shinchosha.co.jp

価格はカバーに表示してあります。
乱丁・落丁本は、ご面倒ですが小社読者係宛ご送付ください。送料小社負担にてお取替えいたします。

印刷・大日本印刷株式会社　製本・株式会社大進堂

ISBN978-4-10-129771-2 C0193